Aujourd'hui les cœurs
se desserrent

DU MÊME AUTEUR

Histoires dérangées, *nouvelles, Julliard, 1994, et Le Livre de Poche, 1997*

Le Chasseur Zéro, *roman, Albin Michel, 1996, et Le Livre de Poche, 1998. Prix du Premier roman. Prix Goncourt. Prix du Cap de Bonne Espérance du Kosovo 2009*

Ferraille, *roman, Albin Michel, 1999, et Le Livre de Poche, 2001*

Lettre d'été, *Albin Michel, 2000, et Le Livre de Poche, 2002. Prix Maurice-Genevoix*

Parle-moi, *roman, Albin Michel, 2003, et Le Livre de Poche, 2005*

Un homme sans larmes, *Stock, 2005, et Le Livre de Poche, 2007*

L'Eau rouge, *Stock, 2006, et Folio, 2007*

Itsik, *Stock, 2008, et Folio, 2009*

Pascale Roze

Aujourd'hui les cœurs se desserrent

roman

Stock

Couverture Hubert Michel

ISBN 978-2-234-06194-1

I

1

Ils ont laissé leur bicyclette à la ferme et se sont engagés à pied sur la berge, sous l'œil goguenard du fermier. Babette a surpris ce regard, mais elle s'en fiche. Elle a vingt ans, elle est belle, et en cet instant, rien ne peut la diminuer. Elle n'a jamais couché avec un homme, jamais même embrassé un homme. Elle couchera avec son mari. Et en cet instant, le long de la Seine, elle se dit que l'homme qui est devant elle sera son mari. C'est une vérité éblouissante, qui ne peut pas ne pas être. Il marche le premier, écartant les ronces, avec son chapeau, son veston, ses chaussures qui se couvrent de poussière. Il bavarde. Il est content de lui. Il a obtenu une oie. Le soleil danse sur l'eau. L'âme et le corps de Babette ne font qu'un. Le soleil, l'eau, le chemin ne font qu'un avec son corps et son âme. Elle avance dans un monde qui est comme le marchepied de sa joie. Parce que cet homme, Jean Deslorgeux, avocat spécialiste en baux ruraux, lui a proposé de venir aux Andelys avec lui. Ils sont partis au petit matin, la gourde en bandoulière. Il a ensuite insisté pour qu'ils aillent voir le ponton, et maintenant, les bicyclettes se reposent dans la ferme et ils marchent l'un derrière l'autre, et s'il en est ainsi, pense-t-elle, c'est que l'instant de la déclaration approche. J'irai demain matin à la Croix-Rouge, poursuit-il, c'est le jour des colis. Ils arrivent au ponton que le paysan a fabriqué au seul endroit où on peut descendre à l'eau commodément. Et dont son nouveau voisin lui conteste la propriété. De père en fils, chez les Devaux, on s'est servi de cet endroit pour amarrer une barque et traverser la Seine, ça n'est pas ce citadin qui va y changer quelque chose! Les voilà sur le ponton. La lumière vibre.

Silence. Le désir de Babette, sa demande muette. Il s'était dit: elle fera le premier geste. Et la suite viendra. Elle ne le fait pas. On s'assoit? propose-t-il. Elle étend ses jambes devant elle. Lui, tripote une des pinces à bicyclette qu'il a dans sa poche. Regarde le genou, le mollet. Il s'est juré de passer à l'action aujourd'hui. Il a manigancé la journée dans ce but-là: poser sa main sur ce genou, ou glisser son bras autour de la taille. Ne peut pas. Il a peur de cette femme, il a peur de la toucher. Il ne l'aime pas. Il n'aime pas les femmes. Il a pensé qu'il aimait les garçons, comme Brenner qui n'en fait aucun mystère et qui ne s'est pas privé de lui faire des propositions. Mais il n'aime pas les garçons non plus. Il a essayé une prostituée, sans plus d'effet. Il espérait que Babette, l'égérie de leur troupe, qui sur scène a beaucoup d'audace, lui rendrait la chose aisée, mais la gourde attend sans se donner le moindre mal. La comédie est finie. Je suis impuissant. Elle a tourné son visage vers lui. Elle est émue. Elle pense : je n'aurais jamais cru qu'il soit timide ! Et cette faiblesse est pour elle un cadeau inattendu. Elle pense qu'il est encore plus merveilleux qu'il n'en a l'air. Elle pense qu'elle a vraiment de la chance. Elle le comprend, ce n'est pas facile d'avouer que l'on aime. Elle est si sûre d'être aimable. Elle a une envie folle de le prendre dans ses bras. Folle folle que cela se passe, là, maintenant, sur ce ponton, au bord de l'eau. Cela qu'elle ne connaît pas, qui lui fait peur à elle aussi, mais que tout son corps désire comme un sacri-lège énorme qu'on ferait à deux, qui vous unirait contre les autres pour la vie. Hélas, ses yeux ont beau se faire le plus engageants possible, rien ne vient. Babette repousse sa déception, conclut que cette retenue est une preuve de la profon-deur de son amour, sourit. Elle a confiance dans la vie, une confiance à toute épreuve, bornée. La

11

prochaine fois, je n'en ferai qu'une bouchée, se dit-elle, surprise par ces mots qui lui sont venus tout seuls, tandis qu'elle se lève la première.

Le fermier, l'œil allumé, leur offre une collation avec du cidre. Jean dévore sans scrupule, le nez dans son assiette. Ensuite, il les emmène chercher l'oie dans la cave. Elle pend à un croc par les pattes, tuée la veille, un bol de sang sous le cou, nue. Une belle volaille. Vous me rapporterez le torchon la prochaine fois. Le fermier accroche l'oie au porte-bagages avec de la ficelle, donne le sang dans un pot. Sur le chemin du retour, ils croisent deux soldats allemands. Le cœur bat quand on voit les uniformes. Ils vont voler l'oie. C'est pour mon frère, prisonnier. Ça va, passez. Ouf! Soulagement, ils pédalent énergiquement, bien que ce qui n'a pas eu lieu sur le ponton pèse sur eux.

2

L'oie mijote dans la cocotte. La veille, elle vivait dans la basse-cour du père Devaux, avec trois sœurs et un jars, des poules, des dindons, et des canards. C'est une oie grasse qu'Amélie fait mijoter dans un bouillon mouillé de sang, dans la cuisine de sa sœur Solange, rue du Robec. Pas dans sa maison de la rue Jeanne-d'Arc, réquisitionnée par les Allemands. N'en déplaise à Solange, l'oie tout entière sera pour Paul et ses camarades de captivité.

C'est une oie dans une casserole qui attend d'être portée à la Croix-Rouge, dans le colis réglementaire. Qui prendra le train jusqu'à Hoyerswerda. Les trains allemands circulent, la distribution à Hoyerswerda est normale, un bon camp, Hoyerswerda. La mère et le frère savent cela. C'est ce qu'on leur a dit à la Croix-Rouge :

il a de la chance, il est tombé dans un bon camp, un très bon camp. Pas plus de trois semaines pour faire son voyage. Amélie a déployé des trésors d'ingéniosité. Elle s'est rendue dans une fabrique de conserves et a obtenu que, dans une boîte destinée aux viandes, on loge son oie. Elle a surveillé la manœuvre, la sortie de l'autoclave, elle est partie avec son précieux trésor, son trésor fou.

L'oie voyage en train, Paris, Genève, Francfort, dans une montagne de colis. Près de deux millions de soldats prisonniers, ça fait beaucoup de saucissons, de gâteaux, de beurre, et des promesses de fidélité, des mots doux, des dessins des enfants, des chaussettes tricotées par la grand-mère. Les wagons de la Croix-Rouge, des trains de cocagne. Jusqu'à Dresde. Là, une équipe transfère les colis sur des camions qui les acheminent vers le camp. C'est bien organisé, ça va plutôt vite. L'oie arrive à point. L'oie de la basse-cour des Andelys, avec son jus dans un pot de confiture qu'Amélie a stérilisé pour la conservation. Trois kilos cinq. On a droit à cinq kilos une fois tous les deux mois.

À 17 h 45, l'homme de confiance a affiché la liste de ceux qui ont des colis, récupérables le lendemain matin. Bonté involontaire de l'organisation : la nuit se passe à imaginer le contenu. Chacun son tour. Paul assiste à l'ouverture sous la surveillance d'un préposé allemand. Ses mains tremblent pendant que le préposé de son couteau ouvre l'énorme boîte en fer-blanc, sort la volaille digne des *Trois Messes basses* et la pose sur la table. Le préposé admire l'oie, coupe la ficelle qui lui retient les pattes, écarte le croupion et vérifie que rien n'est caché dans le ventre. Il se lèche les mains. Le préposé allemand a faim mais le règlement est le règlement, le prisonnier a droit à son colis. Dans le colis, il y a aussi un pot de confiture plein de gelée qui se révélera être le jus de cuisson. On lui prend la grosse boîte de conserve qui aurait pourtant été utile. Il y a aussi un sac de noix, plus un peu de cassonade dans une serviette de table pour faire le poids. Paul reconnaît le damas Deslorgeux. Il emporte l'oie à mains nues dans sa baraque où l'attendent ceux de sa popote. Des hourras l'accueillent. Ils n'ont qu'une casserole sans manche et trop petite. Ils se disputent pour savoir s'ils vont la faire chauffer par morceaux, ou la manger froide arrosée de jus fumant. La seconde solution l'emporte. Pendant que les gardiens allemands mangent des trognons de chou, les Normands de la popote font un sort à l'oie du père Devaux, posée au milieu d'eux sur la grande serviette dont l'élégance est ici incongrue.

Paul est mon père. Je n'ai jamais eu faim, dira-t-il, les très rares fois où il acceptera de parler.

– Mais alors pourquoi tu étais si maigre quand tu es rentré ? – C'est à Berlin que j'ai maigri, en 43 déjà il n'y avait rien à manger à Berlin. – À Rawa Ruska, il paraît que tu mangeais les épluchures, comme le fils prodigue. – Du baratin !

On ne va pas perdre les os de l'oie, on ne va pas les laisser aux Boches, ces chers petits os. Chacun nettoie le sien, le lèche, l'essuie, et puis on les collecte, on essaie de reconstituer le squelette, ensuite on les range dans une boîte, on ne sait jamais, ça peut servir. Quelqu'un raconte une histoire de garçon de ferme, une histoire de fille de ferme plutôt. Paul se laisse faire, il respire mieux, mais très vite, la chape de plomb, un instant soulevée par l'excitation de la nourriture, retombe, la détestation générale, le refus de la situation, des autres, de soi.

3

L'oie est arrivée à Hoyerswerda le 8 janvier 1942. Paul est prisonnier depuis cinq cent soixante-deux jours. Au lendemain de l'armistice, sans avoir jamais eu à affronter le feu de l'ennemi, son régiment reçoit l'ordre de se rendre à Strasbourg. Après trois jours de marche dans la pagaille générale, parqué dans une caserne surpeuplée, affamé, il apprend qu'il est fait prisonnier, lui, jeune aspirant, comme toute la cohue de cette armée vaincue, soldats et officiers. Au bout d'un mois, où chaque jour il croit comme les autres que le cauchemar va cesser, qu'il va être libéré, les Allemands le font monter dans un wagon à bestiaux. Un millier de soldats partent par ce même train ce jour-là sans savoir où ils vont. Paul, à peine sorti de l'école des officiers de réserve, tout juste licencié en droit, aimant la géographie, les gâteaux de sa mère, les courses en bicyclette et le ciel étoilé au-dessus de leur maison de Sahurs, Paul, brin d'herbe parmi les brins d'herbe, le voilà compté sur la liste des internés de l'oflag V A, Weinsberg, dans le Bade-Wurtemberg, une région de vignes. Totalement coupé du monde le temps que se mette en place la colossale organisation des PG (prisonniers de guerre), colis Pétain, colis Croix-Rouge, courrier et colis familiaux. Sa première lettre lui arrive au mois d'octobre. « Mon poulot, a écrit Amélie sur la carte aux mots comptés, sois courageux. Le Maréchal obtiendra ta libération. Ton cousin Louis est prisonnier. Ton frère le remplace depuis juillet. Nous habitons chez tante Solange. Je prie pour toi et tes camarades. Ta mère qui t'aime. » Il lit, il relit, interloqué. Son frère, affecté depuis la déclaration de guerre à Amiens, a rendu comme lui les armes, été fait comme lui prisonnier au lendemain de l'armistice, le 22 juin. Comment peut-il se trouver à Rouen ? Il le croyait quelque part en Allemagne. Et tout d'un coup, il comprend ce que sa mère lui dit à demi-mot : Jean s'est évadé ! Jean est libre. Jean a eu les Boches ! Il pousse un hurlement, comme celui qu'ils se lançaient quand ils galopaient dans le jardin de la maison de Sahurs, repoussant les Polonais et les Turcs à grands coups de bâton. Ils rentraient en nage dans la fraîcheur du vestibule.

Venez goûter mes petits Cosaques, disait leur grand-mère qui avait confectionné pour eux des costumes de fils de Taras Boulba. Jean s'est évadé. Paul tremble d'excitation, il n'est plus à Weinsberg mais avec son frère à Sahurs, au galop dans le jardin. Une heure, deux peut-être de pur bonheur avant que l'excitation ne retombe, avant que la réalité ne lui crève les yeux : son frère s'est évadé, pas lui. Lui, il est là. Ce n'est plus un cri de triomphe qui sort de sa gorge mais un grogne-ment, pas de mots pas de mots pour porter ce qui gonfle dans la cage thoracique, passe par la gorge, sort par la bouche, ce qu'il faudrait arracher à mains nues pour le jeter, le détruire, ce qu'il fau-drait effacer et qui est ineffaçable, qui marque à tout jamais le temps. Parce que, soudain, c'est toute sa vie, ce qui est déjà passé de sa vie, l'en-fance, qui prend forme et tourne son visage vers lui, et lui fait face, et lui crie ce qui jusque-là n'était qu'une crainte, qu'un soupçon : tu es raté.

Leur grand-mère, Louise Deslorgeux, avait été si émue quand Jean, sur le front Maginot depuis la déclaration de guerre, était rentré en permis-sion pour Noël, vêtu de son uniforme, mon petit Cosaque, avait-elle dit en pleurant d'émotion et d'admiration. Lui, Paul, n'a pas eu le temps de faire ses preuves. Appelé en mai, prisonnier en juin, tu parles d'une guerre !

19

Le lendemain, il dit qu'il veut travailler. – Un officier ne travaille pas, lui répond-on sèchement. – Je ne suis qu'aspirant. Je vais me suicider. Le mot sonne faux dans sa bouche, Paul ignore l'emphase, mais la nouvelle perturbe son maintien. Il lance le mot comme un chien aboie. L'homme de confiance plaide sa cause, par égard pour son jeune âge, Deslorgeux est le benjamin du camp, et puis il a appris l'allemand à l'école. Il obtient d'aller travailler dans une ferme. Dans la ferme, il y a un PG belge d'un stalag voisin. Tant mieux, à deux l'évasion est plus facile. Déjà l'hiver, les ceps sont nus, rien à faire dans les champs. Le fermier l'emploie à nettoyer les étables et l'écurie, ranger les granges. La fourche avec laquelle il faut ramasser les litières fait des ampoules aux mains, mais la peau s'endurcit comme le dos s'habitue et le nez préfère l'odeur du purin à celle de l'urine stagnante de la vingtaine de chiottes alignées côte à côte au camp. Le dimanche, il sert la messe, il essaie de prier. Notre Père qui êtes aux cieux, Que Votre règne arrive…

Ils sont restés cachés chacun dans un tonneau jusqu'à la nuit, ils ont marché vers Heilbrönn à travers les vignobles, crevant de trouille, se jetant par terre au moindre bruit. Ils savent qu'ils doivent longer le Neckar puis l'Enz qui pénètre dans la Forêt-Noire. Rien ne ressemble plus à un vignoble qu'un vignoble. Ils tournent en rond, se perdent. Quand le jour se lève, ils montent se mettre à couvert dans les bosquets, au-dessus des vignes. La patrouille allemande les découvre, ils détalent comme des lapins, les balles sifflent. Retour au camp. Il déteste les visages qui le voient revenir entre deux soldats. Le lendemain, quand, par mesure de rétorsion, la fouille est générale, quand chaque colis est minutieusement examiné, il sent peser tous les regards comme autant de reproches, croit crever de honte. Il n'est pourtant pas le premier à revenir. Il n'a plus le droit de travailler. Dès que l'appel est terminé, il retourne se coucher. La vision de son frère conduisant la Delahaye dans les rues de Rouen, s'asseyant à table à la place de leur père, lisant le journal sous le tilleul de Sahurs, montant quatre à quatre les marches du palais de justice et vire-voltant dans le prétoire, tourne au-dessus de lui comme un oiseau prêt à lui crever les yeux. Un matin, on lui signifie qu'il est transféré dans un autre camp.

4

Magie du théâtre. Peut-être due à l'estrade sommaire dressée au milieu des combles du lycée de filles, celui des garçons ayant été bombardé. Il y fait un froid de gueux. Les Étudiants Associés répètent, chauffés par leur éloquence. Brenner fait faire un filage du *Treizième Arbre* d'André Gide. La lecture de la pièce avait laissé Jean sceptique : une femme que son inconscient pousse à aller graver les parties sexuelles d'un homme sur un arbre, ça n'est quand même pas du meilleur goût, surtout quand elle est comtesse. Toujours est-il que la pièce, peut-être grâce au jeu de Béatrice Berthier qui se révèle dans le rôle, s'est retournée contre le psychanalyste et le philosophe qui tentent de lui expliquer la vie. Ils ont l'air de ridicules petits marquis et elle, d'une femme vraie. Le rôle du curé fera tiquer les bigotes, mais c'est tant mieux, pense Jean, le choix de *Polyeucte* l'année dernière leur a donné une allure trop catho. Ensuite, Babette et Duparc répètent la scène du III de *Tartuffe*. Babette voulait jouer Marianne, la jeune première, Brenner lui a imposé Elmire. Il lui a dit : Elmire, elle est comme toi, une résistante. Il la reprend : pendant que tu joues, sous chaque réplique, pense que tu te parles à toi-même, répète-toi : je résiste, je résiste à ma belle-mère, je résiste à mon mari, je résiste à Tartuffe. L'indication galvanise Babette. Elle est juste et forte. Jean assiste à la répétition. Il a honte de lui. Honte de ne pas désirer Babette. De ne pas savoir aimer. S'il faisait le portrait de Babette, c'est en Elmire qu'il la peindrait, le regard légèrement au-dessus de l'horizontale, fiévreux, autoritaire. À moins qu'il n'opte pour la lumineuse jeune fille assise sur le ponton des Andelys. Car, en cette année 1941, Jean désire par-dessus tout devenir peintre. Avant guerre, pendant qu'il étudiait aux Sciences po à Paris, il était allé avec assiduité et passion prendre des leçons à La Grande Chaumière. Un jour, il y a rencontré Bazaine, il a osé lui montrer quelques toiles, une confiance est née de ses encouragements. Son départ pour le front, sa vie militaire, sa décision de remplacer son cousin avocat, tout cela a comme éloigné dans un arrière-plan la nécessité de peindre, jusqu'à ce qu'il voie dernièrement une exposition organisée par Bazaine, et que le désir resurgisse avec force. Dès son retour, il a installé un atelier dans le grenier de tante Solange, bien décidé à en devenir un, lui aussi, jeune peintre de tradition française, parmi Tal Coat et Manessier. Parfait, parfait, dit Brenner, tu es très convaincante. On va faire un tabac. Babette rayonne. Jean, trésorier de la troupe, a arraché au directeur du Théâtre-Français trois dates de représentation. Vous avez fait un drôle de choix, a critiqué ce dernier, André Gide ! Pourquoi ne pas vous contenter de *Tartuffe* ? Enfin, puisque c'est vous… On ne refuse rien à Jean, sa courtoisie, sa gentillesse et sa position dans la société, fils aîné des Deslorgeux, font qu'on a plaisir à le satisfaire. La répétition terminée, ils nouent leur écharpe, enfoncent leur bonnet et je les vois s'égailler dans les rues.

Passe la nuit sans que je dorme, hanté par leur gaieté.

5

Peut-être par crainte qu'il ne s'évade à nouveau, mais peut-être aussi sans aucune autre raison particulière que l'obligation de parquer tant bien que mal cette foule d'individus devenus des numéros, Paul est déplacé de Weinsberg à Hoyerswerda, oflag IV D, un camp plus éloigné de la France, aux confins de la Saxe et de la Silésie. La plaine est sablonneuse, plantée de bouleaux et de sapins, constamment balayée par les vents. Amélie a reçu de la part de l'État français un petit fascicule destiné à lui permettre de se faire une idée des conditions de vie de son fils. Elle le lit et relit, le déplace de sa table de nuit à la commode du salon. Elle pense à cette plaine, à ces bouleaux qui doivent rappeler à son fils ceux que son grand-père a plantés à Sahurs. Elle espère qu'il profite de cette merveilleuse possibilité de suivre des cours. L'université d'Hoyerswerda, a-t-elle lu, organisée par les prisonniers, compte trois sections : lettres, sciences, droit. Peut-être pourrait-il commencer sa thèse ? Et peut-être aussi va-t-il faire des progrès en tennis, puisqu'il y a apparemment six courts de tennis ? Maintenant qu'elle sait que les filets sont fabriqués avec la ficelle des colis, elle a toujours plaisir à emballer les siens, ajoute deux ou trois tours de ficelle. Elle ne sait pas que son fils ne participe à rien, reste prostré, refuse de rendre aucun service, d'offrir sa peine au Christ et à la France.

Paul a changé. Il ressemble maintenant à son père, Maurice, assis à la table familiale du Houlme. Visage fermé, hostile. Les poêles ronflaient mais ne chauffaient rien. La seule chaleur était la honte qui montait au front des enfants quand leur père subissait en silence les sarcasmes de leur grand-père. Mais la honte brûle plutôt qu'elle ne réchauffe. Le grand-père avait un beau jour cédé la place, il s'était retiré à Sahurs dans la propriété qu'il avait fait construire, laissant le champ libre à son fils. Trop tard pour que s'épanouisse une autre expression sur son visage, à tout jamais fermé et hostile, hostile surtout, bien que libre, bien que patron, bien que père de famille, bien que chargé de présents par la vie. Paul sent qu'il porte la moue de son père, il n'a pas besoin d'interroger son petit miroir pour savoir qu'elle est venue se poser sur lui, sautant les kilomètres et les années, cette moue qui le rend plus impopulaire que sa mauvaise volonté au point qu'il est élu (par les Français) indésirable numéro 2 du camp entier. Cette moue que je sens encore moi aussi venir, s'imposer, raidir mes traits comme un masque. Non, il ne jouera pas le jeu du bon prisonnier. Les gardiens allemands, il les comprend mieux que ces hommes qui semblent s'arranger de leur condition. Il s'évadera. Dans son silence, il ne pense qu'à ça.

6

La représentation est un vrai succès. On la
donne trois fois à guichets fermés. Gide fait rire.
Béatrice Berthier est rouge de plaisir, elle s'épa-
nouit entre la première et la troisième représentation, elle trouve des jeux de scène, elle ose,
invente, oui elle invente, le poids de son corps
maladroit s'allège, elle mesure non pas le pouvoir,
mais l'efficacité qui passe par elle, elle se sent tra-
versée. Babette resplendit d'assurance. Elmire
écrase Orgon et Tartuffe. Dans ce spectacle-là,
les filles l'emportent sur les garçons. C'est un
moment, un moment au milieu de la guerre, pour
comprendre que les femmes vont changer, que la
bourgeoisie mourra par les femmes – la bourgeoisie si spécifique des familles catholiques
françaises aux avoirs soigneusement investis
qu'ébranlera la révolution des peuples, Suez par

exemple, qui eût dit que les rentes de Suez un jour s'évanouiraient ? –, la bourgeoisie au cœur si soigneusement gardé de la prodigalité, si désireuse de transmettre la belle morale, le bel effort avec ses meubles anciens, ses services de cent vingt pièces, son argenterie, son linge, et ses anecdotes aussi, les légendes sur tel ou tel qu'on se raconte, qu'on se remémore autour du feu de cheminée, l'un les pieds sur les chenets, l'autre assis au piano à queue, la grand-mère tricotant, les enfants courant dans les longs couloirs déguisés en Indiens ou en Cosaques. Qui aurait cru en cette date, février 42, où les Étudiants Associés donnent une représentation très applaudie devant un parterre de bourgeois, allant des industriels du textile aux petits commerçants, un parterre de possédants, que tout cela allait disparaître, que les meubles finiraient chez les antiquaires, le divorce balaierait les familles, les avortements seraient légaux ? Qu'est-ce qu'elle a mal fait, cette bourgeoisie, pour que la sanction lui soit si sévère ? Il s'est trouvé des gens pour dire aux filles sensibles comme Babette : enjambe les alexandrins, racle ton cœur pour en sortir un peu de vérité (cela signifiait-il y découvrir son corps et ses désirs – qui sont si vite tristes –, ou y avait-il autre chose à chercher, autre chose de plus caché ? de plus difficile, de plus précieux ?). Et il s'est trouvé des filles pour les écouter, des

29

filles pour avoir envie de cette vérité à découvrir. Les seuls à pressentir quelque chose, à s'inquiéter jusque dans leur sommeil, sont les parents des filles en question. Quand les clients de monsieur et madame Brunet, parents de Babette, les félicitent et disent : ils sont bien ces jeunes, ils ont du talent et ils sont généreux (la recette va au Secours national), les Brunet opinent du chef, mais ils ne sont pas rassurés : vous savez, ce n'est pas facile d'avoir une fille, de nos jours.

Et il est vrai que Babette rêve. La scène. L'émotion. Les rôles. Elle voudrait aller à Paris, suivre les cours de Raymond Rouleau, se présenter au Conservatoire. Jouer les jeunes premières, Juliette ou Célimène. S'offrir aux autres sur un plateau. Leur offrir ce qu'elle a de plus secret et qui ne peut pas se montrer dans le magasin de ses parents ni à l'école de puériculture. Mais pourquoi, pourquoi ça ne peut se montrer que sur la scène ? Pourquoi son cœur ne pouvait se montrer que sur une scène ?

7

Le raté prouvera ce dont il est capable : il ne se joindra pas à ceux qui creusent des tunnels à la petite cuillère, il s'évadera sous un camion, tout seul. Il lui faut pour cela un corps d'acier, aussi se met-il avec acharnement à la pratique du sport que le camp d'Hoyerswerda facilite si complaisamment. Des camions d'approvisionnement arrivent toutes les semaines. Toutes les semaines, il fait le guet dans l'espoir de saisir le moment. Mais trop de prisonniers se sont cachés dans la cargaison, comme dans les bennes à ordures, et les camions sont sévèrement gardés. Le temps passe, l'été de son arrivée, l'automne, l'hiver sont derrière lui. Pendant que les curés louent le Seigneur, plus près de toi mon Dieu, je suis chrétien voilà ma gloire mon espérance et mon soutien, la haine des autres, de ceux qui acceptent, de ceux qui se réfugient dans les études ou dans la foi, de ceux qui maintiennent les valeurs de l'élite, le fait tenir, l'aide à s'entraîner chaque jour plus durement.

À partir du premier avril, les Allemands font savoir par voie d'affichage que tout prisonnier qui tentera de s'évader sera transféré dans un camp disciplinaire et perdra les droits que lui confère son statut. L'affiche ne signifie rien pour Paul. Quoi de pire que d'être ici. La chance se présente quelques jours à peine après cet affichage. Pendant l'appel du soir, il constate la présence dans le hangar d'un Opel transport de troupes. Des gardiens doivent partir pour le front russe. Vers six heures du matin, quand ils commencent à arriver, il est pelotonné contre l'intérieur d'une aile, ses habits de PG sont noués à l'essieu, il porte une tenue civile, payée avec ses Lagermarks rigoureusement économisés. Les soldats montent dans la lueur du petit matin. Le moteur démarre, il agrippe par les bras et les jambes l'essieu arrière. Étreinte vitale. La sentinelle ouvre la grille du camp, personne ne fouille. Tu comptes jusqu'à mille et ça ira. Tu te laisses tomber, tu attends que le camion s'éloigne, il ne te verra pas, et tu bondis dans le fossé. Ça ira. Il pense à Ostap, le fils aîné de Taras Boulba, qui s'est laissé broyer les os sans dire un mot. Le camion sort. Le bruit assourdissant du moteur.

Tenir. Tenir. Tenir jusqu'à Rouen. Arriver à l'improviste, ouvrir la porte et les dévisager, noir de poussière et d'essence, vous ne vous attendiez pas à ça, hein ? Il est crocheté par les bras et les jambes. Les vibrations lui traversent le corps. Deux cent trois, deux cent quatre, deux cent cinq. Ce sont les jambes qui lâchent. Il tombe, la tête claquant sur le goudron, assommé, inconscient, pendant un temps indéterminé, inconscient de la guerre, de sa connerie, de son sort minuscule dans la fourmilière humaine, dans la ronde des astres. Quand il rouvre les yeux, un visage allemand est penché sur lui. T'as pas lu l'affiche, mon gars ? Tu vas y aller, à Rawa Ruska.

8

C'est l'été. Les jeunes sont au service rural. Brenner qui n'a aucune envie d'aider aux champs, aucun goût pour le retour à la terre, garde des gosses dans une colonie du Secours national, à Saint-Martin-de-Boscherville. Jean s'est replié à Sahurs avec sa mère. Ils n'ont plus de nouvelles de Paul depuis avril et tentent de soulager leur angoisse en jardinant. Babette est restée à Rouen, enfermée dans sa chambre. Ses parents l'ont poussée à partir, on mange mieux à la campagne, mais Babette se fout des restrictions, elle n'a pas faim et ne veut pas s'abîmer les mains. Elle n'a de goût pour rien : il n'y a pas de répétitions et Jean la fuit. Elle s'exerce à pratiquer la sténo, on ne sait jamais, elle lit Stanislavski, *Ma vie dans l'art*, elle s'épile les sourcils. Sa mère lui crie de venir mettre le couvert. Le mois dernier, Brenner est allé voir le directeur du Mercure de France pour lui remettre un manuscrit. Elle voulait l'accompagner mais ses parents s'y sont opposés. Il faut qu'elle parte, qu'elle les fuie. Jean dit qu'il va changer de spécialité, se former en droit de la propriété intellectuelle, et rejoindre un cabinet parisien. Elle lui a demandé ce qu'il attendait, il a répondu qu'il ne penserait à lui que lorsque son frère serait rentré. Il a dit qu'il voudrait être à sa place, souffrir à sa place. Mais ne voit-il pas qu'elle aussi, elle est en prison ? Babette, tu veux descendre, s'il te plaît ! C'est à cause de son frère qu'il ne s'occupe pas d'elle. La guerre leur fauche la vie. Elle est fille unique, elle ne sait pas ce que c'est que d'avoir des frères et sœurs. Babette ! Qu'est-ce que tu fais ? Sa mère l'exaspère ! Elle n'a qu'à le mettre, son couvert ! Il n'y a rien à manger, et les gens continuent à acheter des bijoux, ça me dégoûte, a-t-elle lancé à son père. Heureusement pour toi qu'ils achètent des bijoux, comment mademoiselle croit-elle que je l'entretiens ? a répondu son père de son ton dont la vulgarité la blesse. Pourquoi le sort lui a-t-il infligé de tels parents ?

Et toujours sa pensée revient à Jean, revient aux Andelys, et se complaît à modifier la réalité. Sur le chemin qui va vers le ponton, Jean se retourne et la serre dans ses bras, et ils sont seuls sur la berge, enlacés dans un baiser qui la fait fondre quand elle y pense et repense, comme aujourd'hui, là, dans sa chambre du quartier Saint-Ouen. Elle le commence et le recommence, ce baiser que sa mère ne peut même pas imaginer, comment aurait-elle pu connaître un tel baiser avec son père ? Son père qui agite ce mot devant elle : putains, les actrices sont des putains et sa mère lui demande de se taire, car le mot lui-même brûle les oreilles. Moi vivant, tu ne t'inscriras pas au Conservatoire. Le directeur du Mercure a conseillé à Brenner de supprimer l'épigraphe de Paulhan dans son manuscrit parce que Paulhan est mal vu des Allemands. Elle se demande s'il va le faire. Et si un metteur en scène lui proposait de coucher avec lui pour avoir un rôle ? Elle résiste-rait farouchement, l'art est noble, l'art se nourrit de grands sentiments. Babette, tu es sourde ? hurle sa mère. Elle se lève d'un bond, passe par la cour, enfourche sa bicyclette, prend la direction de Sahurs.

Force de son désir.

Mais Jean est parti pour Saint-Martin rendre visite à Brenner et il ne rentrera pas ce soir, lui dit sa mère. Ma petite, dormez ici, restez l'attendre. Elle ne veut pas. Oui, elle lui court après, et alors ? Elle va se donner. N'est-ce pas noble ? Elle pédale. Elle arrive à la ferme. Brenner, Phil et Jean sont en train de jouer au furet avec les enfants. La scène est charmante, l'arrivée de

Babette aussi très charmante, pied à terre, le cœur battant de son audace comme de son effort. On s'interrompt pour la regarder, pour profiter de ce joli petit plan de cinéma, une jeune fille apparaissant, impromptu, entre les branchages. Phil et Brenner, pour qui l'amour de Babette est un secret de Polichinelle, emmènent les enfants jouer au ballon. Jean porte ses shorts sur ses jambes minces et nues, indécis. Vous êtes ma vie, mon avenir, mon courage, mon envie, disent les yeux de Babette. Elle a laissé sa bicyclette, elle vient vers lui, c'est Elmire, mais c'est aussi Agnès et Juliette, et Sylvia, toutes les amoureuses qui hantent sa tête. Elle dit : je vous aime. Je vous aime. Ces trois mots qui voudraient plier le monde à leur force. Il se rétracte, raidit de partout sauf au bon endroit. Babette pose sa joue contre sa poitrine. Cette fois-ci, il ne peut pas dire qu'elle ne se donne pas de mal ! Ses cheveux lui chatouillent le menton. Bien que ces lèvres sur le visage lui évoquent deux escargots, sous le coup de l'émotion, sous le coup du courage de Babette, il va essayer de l'embrasser. Pour lui comme pour elle, c'est la première fois. Ils n'ont d'autre éducation que le cinéma et les livres (de cette époque). Il prend son visage dans ses mains et met ses lèvres sur les siennes, ils frottent leurs lèvres, la langue n'a pas l'idée de s'aventurer dans l'autre bouche. Cela n'a pas d'importance. Elle sent un tel abandon, surtout à cause des mains, à cause de sa tête qu'il a prise entre ses mains. Il la cueille, il la cueille enfin. Un gosse caché dans les buissons crie : oh les amoureux. Babette serait bien incapable de dire si le baiser est agréable, cela est secondaire en regard de la joie qu'elle ressent à se penser : il m'a embrassée ! Oui, les amoureux ! La chose est officielle puisque l'enfant l'a proclamé. Le visage de Babette est changé, gonflé, au bord des larmes. Jean voudrait s'essuyer la bouche mais il n'ose pas. Que va-t-il se passer à présent ? Quelque chose a-t-il changé ? Une nouvelle ère commence-t-elle ? Ils balbutient, flottent dans l'espace, dans un élan, elle se serre à nouveau contre lui, pleine de gratitude, mais il la détache gentiment et la conduit vers les enfants qui rient sous cape. Brenner gendarme son monde, quatre filles et quatre garçons autour de dix ans. Une petite fille est faite prisonnière, elle dit que c'est pas juste. Elle pleure. Elle s'essuie les yeux, mâchure son petit visage de traînées noires. Brenner lance le ballon à Jean qui le rate, c'est lui le prisonnier, la petite fille libérée trépigne de joie. On va chercher l'eau au puits, on se lave dans un baquet de bois en criant parce qu'elle est froide. Les petites jambes ont la chair de poule dans le baquet. On fait un feu. Phil est scout, il dirige les opérations, les chants, la prière pour la France, pour les prisonniers, les huit enfants en cercle et chantant de leur voix de tête, de leur voix légère et haut perchée. Babette est à nouveau gonflée d'espoir, il lui faut si peu pour imaginer qu'elle aura tout, qu'il va l'épouser, qu'ils vivront à Paris, qu'elle jouera du Giraudoux à L'Athénée. Elle voudrait prendre Jean par la main devant le feu, devant Dieu, se marier là, mais Jean a les mains dans le dos. On lui trouve un lit à la ferme, les autres couchent dans la grange. Quand elle a protesté : je peux très bien coucher dans la grange, Jean a fait semblant de ne pas entendre. Elle est toute seule dans un appentis, pas très rassurée. Elle entend les loirs. Elle est triste parce que Jean ne l'a même pas accompagnée jusqu'à la porte. N'a pas cherché à l'embrasser à nouveau. Au fond d'elle, seule dans le noir, elle sait très bien que Jean aurait préféré qu'elle s'en aille. Et elle commence à rentrer en elle sa douleur, à faire comme s'il n'y en avait pas, comme si ça n'en était pas une qu'elle ait dit je t'aime, qu'elle se soit lancée et qu'il n'y ait pas eu de réponse.

Jean non plus ne dort pas. Assis sur le lit de camp, il écoute la respiration des enfants. Il reste longtemps, tandis que la lune poursuit sa route dans le ciel, à les écouter. Le lendemain, dans la criaillerie des enfants qui cherchent leurs vêtements, avec la petite fille qui pleure encore parce qu'elle ne trouve pas sa robe, Jean dit qu'il va rester jusqu'au soir. Et Babette repart seule.

9

Dans le wagon depuis trois jours, rien à boire.
À chaque arrêt montent de nouveaux prisonniers, les réfractaires. Ils ne savent pas qu'ils vont
à Rawa Ruska. Tout est sa faute. Ils refluaient
vers Strasbourg pour rendre les armes et, arrivés
à Kaysersberg, le capitaine avait ordonné le can-
tonnement pour la nuit, à vrai dire, juste un
ordre de s'allonger dans le fossé. Au milieu de la
nuit, il s'était levé et éloigné de quelques pas pour
pisser, et la pensée lui était venue en contemplant
le rideau d'arbres : je pourrais ne pas retourner
dans le fossé. Il y était retourné. Peut-être que s'il
avait été un simple soldat et non pas un aspirant
officier qui se doit de montrer l'exemple aux
hommes, et en l'occurrence l'ordre était de
remettre les armes aux Allemands à Strasbourg, il
ne serait pas retourné s'allonger dans le fossé.

L'homme avisé voit le mal et se cache mais le simple passe outre et en porte la peine, proverbe de Salomon, 22, 3. Le simple, c'est lui. L'homme avisé, Jean.

10

Ersatz de café mais tasses Wedgwood, plateau émaillé. La mère et le fils, comme tous les jours de cet été, de tous les étés, guerre ou pas guerre, sous le tilleul, assis à la table de pierre. Tous les jours sont allés après le déjeuner prendre le café sous le tilleul. Se sont forcés tous les jours sans réussir à tenir un semblant de conversation parce qu'ils n'ont plus de nouvelles de Paul. Depuis avril, lettres et colis reviennent. Se raccrochent à l'idée que, s'il était mort, ils auraient été prévenus. Ils n'ont plus la consolation de la confection des colis. Ils n'ont rien. Que leur angoisse. Mais ersatz de café dans tasse Wedgwood. Mais dos droit d'Amélie surmonté de son joli chignon. Mais tilleul, terrasse, et Seine. Et puis, il y a une semaine, une lettre de la Croix-Rouge : Paul a été transféré au camp disciplinaire de Rawa Ruska.

Amélie a crié de joie, crié merci Seigneur. Avant de retomber dans l'inquiétude. Rawa Ruska ? Camp disciplinaire ? Jean a entendu Churchill en parler sur Radio Londres : un robinet d'eau putride pour dix mille hommes, le camp de la goutte d'eau et de la mort. Là-bas, en Galicie. Il montre à sa mère l'endroit sur la carte. Et maintenant ces images de son fils assoiffé dans la chaleur, de son fils maigre et souffrant comme un Christ. Ces images pendant qu'ils avalent leur ersatz de café dans les tasses Wedgwood. Amélie se remet aux colis. Elle fait faire des faux papiers, des cartes de travailleur volontaire, c'est son idée. Avec une carte de travailleur volontaire, il peut s'évader. Si on le prend, il a une raison d'être là. Là ! dit Jean. Il n'y a pas de travailleurs volontaires en Galicie, il faut qu'il réussisse à rejoindre l'Allemagne. – Il réussira ! Je mettrai des cartes dans chaque colis. Et soudain inquisition maternelle : dis-moi qui est cette jeune fille qui est passée ici en juillet ? – Babette Brunet, tu ne l'as pas reconnue ? Elle jouait Elmire. – Brunet ? La fille de la bijouterie ? – Oui, maman. À l'intonation qu'elle a eue, Jean devine la déception. Ses parents tiennent un magasin, ils ne sont pas d'un bon milieu. Condamnation sans appel. Il ne s'agit pas forcément, sait Jean, d'être du même milieu pour s'épouser (car, derrière la question, il y en a une autre que Jean ne peut ignorer : quand

43

vas-tu te marier ?), celui des industriels du textile, qu'ils soient de Normandie, du Nord, d'Alsace ou du Forez ou de la Mayenne, il s'agit de rester dans le créneau étroit du « bon milieu », sachant que les aristocrates toujours pourvus en châteaux et biens fonciers, en militaires et religieux, représentent le *nec plus ultra*, que viennent ensuite ceux qui – comme les Deslorgeux – ont commencé leur ascension avec la révolution industrielle, pendant le bel essor que connut la France au dix-neuvième siècle, et, en dernier, les commerçants, non pas les boutiquiers, mais ceux qui courent le monde, comme par exemple les parents d'Amélie qui achètent du vin en Algérie, ou les cousins qui ont ouvert un bureau d'import-export en Indochine. Exclus à tout jamais les petits commerçants, les artisans, les fonctionnaires – mis à part les officiers qui paient l'impôt du sang – et les juifs, même milliardaires. Pas question par exemple d'épouser une des filles de Roland Bernstein, qui possède une usine d'impression à Mulhouse et une chasse magnifique où la famille Deslorgeux se rendait autrefois à la Toussaint. Faites bien attention à ne pas parler du petit Jésus, recommandait Amélie à ses deux garçons pendant le voyage, elle n'aurait pas voulu que ses enfants vexent ceux de Roland Bernstein. Pas question non plus d'épouser une artiste. Une jeune fille peut jouer du piano, chanter, faire de l'aquarelle sur le motif, mais faire des vers est déjà plus suspect, écrire un roman carrément condamnable, presqu'autant qu'être comédienne. Bref, Babette n'a pas beaucoup d'atouts pour convenir à Amélie. Le milieu ! Curieux mot qui a disparu. Depuis peu, on parle de réseau. La métaphore est scientifique, celle de milieu était biologique. Un réseau se construit, tandis qu'on naît dans un milieu. Il est très difficile de changer de milieu, changer de milieu exige au moins deux générations. Et encore traite-t-on ceux qui y parviennent précisément de parvenus. On peut aussi déchoir de son milieu, mais c'est beaucoup plus difficile que de se voir éjecté d'un réseau. Babette n'est donc pas d'un bon milieu. Aristote, dans la liste des hasards heureux ou malheureux, inscrit le fait d'être bien ou mal né. Jean se sait bien né, pourvu d'usines, de traditions par ses parents, de dons par les fées (bien qu'il y ait aussi ce mauvais cadeau, ce catastrophique cadeau, mais pour le moment seules une ou deux prostituées le savent, qui lui ont dit de ne pas s'en faire, que ça allait venir). Et ce n'est pas parce qu'il est le premier fils aîné à avoir décidé de ne pas aller à l'usine qu'il va perdre sa qualité d'homme bien né. Pourtant, à Paris, tournant autour des peintres qui se croisaient à La Grande Chaumière, essayant d'être admis dans le cercle des Zervos, il lui semblait qu'on ne le remarquait pas, qu'on le traitait avec indifférence. Les sourires ne fleuris-saient pas à son approche, et il en était déconte-nancé, se sentant comme marqué par quelque chose de négatif, précisément son milieu, ses origines catholiques et provinciales, se disait-il, qui l'empêchaient de trouver le « ton », d'être dans le « ton ». Jean était « de bon ton », ce qui n'est pas « être dans le ton ». De bon ton, il l'est sans doute quand il fait ce jour-là cette lâche réponse à sa mère : ne vous inquiétez pas, maman, il n'y a rien entre Babette et moi. Est-ce pour cela que son milieu s'est écroulé, parce que les bornes étaient étroites, trop étroites ou parce que le textile aujourd'hui se tisse en Chine populaire et au Bangladesh ? Amélie soupire : ton frère est pri-sonnier, et toi célibataire. J'ai envie de petits-enfants. Où est le temps où vous couriez sur la terrasse, ton frère et toi ? Je me sens vieille. À n'en pas douter, quand Paul rentrera, Rawa Ruska sera vite oublié. Allez oust, à l'usine, au mariage !

Fin de l'été, ils rentrent à Rouen ce soir.

11

Le monde qui grouillait dans les contes et les chansons lus ou chantées par sa mère dans le salon du Houlme ou dans celui aux larges fauteuils vêtus de reps de Sahurs, celui qu'on leur faisait apprendre à l'école où des foies dévorés repoussent à jamais, où les enfants sont tués par leur mère et mangés par leur père, ce monde-là existe. Il en a poussé la porte, il y est entré. Sa mère avait chanté l'histoire des petits pendus au croc dans le saloir, pour le préparer à ce qu'il a vu entre les planches du wagon pendant que le train traversait la Pologne. Il avait dû composer des rédactions sur les métamorphoses humaines pour reconnaître ces jeunes filles maigres qui tirent les charrettes pleines de bois ou de pierre à la place des bœufs. Tous les jours, il sort du camp pour empierrer la route, et il voit ces jeunes filles transformées en animaux de trait. Weinsberg, Hoyerswerda et maintenant Rawa Ruska, chaque fois plus loin vers l'Orient et rien ne dit que ce n'est pas la fin. Qu'il n'y a pas encore un autre monde dissimulé derrière celui-là, un autre monde à traverser avant de mourir. Rawa Ruska est loin de tout, mais on y arrive normalement, je veux dire sans changer de terre. Il y a une gare à Rawa Ruska. Rawa Ruska a son nom sur la carte. La Croix-Rouge a fini par venir. Le camp a été maquillé, mais pas complètement, c'est impossible. Rien n'a égalé la métamorphose de Fournier, le chef du camp, le Rittermeister (Fournier, un nom français, un descendant de huguenots qui ont fui la France pour échapper à un autre massacre – dans cette guerre, les noms se plaisent à nous rappeler leur voyage : le général français qui signa l'armistice du 22 juin 1940 s'appelle Huntzinger) : les prisonniers l'ont vu devenir sous leurs yeux un homme courtois. Lui qui a un tic, un tic très répétitif comme tous les tics : il décharge son pistolet autour de lui, il arrose le camp à trois cent soixante degrés le bras tendu, il y a intérêt à se garer, devant les délégués, il a réussi à retenir son tic. On l'appelle Tom Mix. À l'époque, tous les garçons ont lu *Tom Mix* et *Taras Boulba*. Quand Paul lisait *Tom Mix*, il se préparait à Rawa Ruska sans le savoir. Mais les mensonges

48

et le maquillage sont secondaires, l'important est que la visite de la Croix-Rouge prouve que le camp n'est pas tombé hors du trafic humain.

Il n'a plus de sous-vêtements, il est gravement sous-alimenté, plein de poux, épuisé. Mais il n'a pas épuisé la capacité humaine à encaisser.

D'avril jusqu'en août, aucune lettre, aucun colis. Mais après le passage de la Croix-Rouge, il reçoit, j'ai encore du mal à le croire, il reçoit des œufs. Dans cet enfer, il reçoit des œufs. Chaque fois que je raconte cela, on me rétorque : des œufs à Rawa Ruska, c'est impossible. L'oie à Hoyerswerda passe encore, mais des œufs, des œufs de Normandie à Rawa Ruska, c'est une invention, ton père a brodé. Pourquoi aurait-il inventé ? Il l'a raconté à table, bien des années après, quand il a réussi à en faire de la rigolade, en 55 ou 56, j'avais dix ans. Et Amélie, ma grand-mère, confirmait avec fierté : c'est moi qui ai envoyé les œufs ! Et le plus incroyable, c'est que, dans les œufs, elle avait glissé des faux papiers. Alors là, grand-mère, tu exagères. Viens, je vais te montrer, me dit-elle en m'emmenant dans la cuisine. Elle fait un trou dans l'œuf, le gobe et y glisse un papier roulé de la taille, m'assure-t-elle, d'une carte de travailleur volontaire, et cela tient. Pour que la mystification soit parfaite, elle fait cuire un autre œuf sur lequel elle prélève un peu de coquille qu'elle adapte tant bien que mal sur le trou. C'est ainsi qu'elle a envoyé à son fils une fausse carte de travailleur volontaire au nom de Gérard Platier, cuisinier. Et que la carte est arrivée incognito jusque dans sa poche. Et qu'aussi sec, Paul a échafaudé son plan. Quand il raconta son évasion – il imitait Fernand Raynaud qu'il adorait, ses grimaces nous effrayaient, nous les enfants qui ne reconnaissions pas notre père, d'ordinaire si taciturne –, on apprit qu'elle avait commencé au cimetière, parce que les Boches, mon père disait les Boches, faisaient creuser des tombes aux Français pour leurs morts. C'était un joli cimetière, fleuri, agrémenté. Et tout le monde voulait aller travailler au cimetière parce que le travail était reposant, les morts n'étaient pas très nombreux, la nature humaine étant résistante. Mon père avait confié à l'équipe du cimetière ses habits civils et ceux d'un camarade, afin qu'ils soient cachés dans une tombe. Ainsi, après la journée de travail, au lieu de retourner au camp, ils iraient au cimetière se changer puis décanilleraient rapido. Il n'y a pas très longtemps, j'ai lu un petit livre très précieux. Un livre de Pierre Gascar paru en 1953, *Le Temps des morts*. Pierre Gascar a été à Rawa Ruska, dans l'équipe du cimetière. Cinquante années plus tard, quelqu'un venait me parler de mon père, me rappeler ce que j'avais entendu, le corroborer, l'enrichir, quelqu'un qui l'avait certainement connu et peut-être aidé à cacher ses vêtements ! Livre d'une honnêteté, d'une simplicité bouleversante. Livre qui ne s'attarde pas sur les mauvais traitements, mais à l'inverse sur les moments de vie supportables, l'humain, et notamment sur cette équipe qui préparait des tombes pour les morts, pour les honorer, pour leur rendre les armes, pour hisser les couleurs. Et les sentinelles, dont forcément un parent était sur le front de l'Est ou de l'Afrique, les sentinelles, en assistant à l'hommage rendu au pauvre Français, mort si loin de chez lui dans les steppes de ce qui s'appelle maintenant l'Ukraine, pensaient à leur pauvre parent dont le cadavre ne reviendrait sans doute jamais. Et peut-être que, un instant, il y avait une fraternité de la mort. Il y avait, il le dit. Et doucement, plus loin, sans nous brusquer, en requérant notre attention de lecteur, car il faut mériter les informations et non qu'on vous les jette au visage, il rapporte, sans effet de manche, ce fait qui emplira bien plus tard les médias : en voulant creuser une tombe, les PG sont tombés sur des corps habillés, non encore décomposés, un autre, et un autre encore, bref ont constaté sous leurs pieds l'existence d'une fosse. Des Soviétiques, des juifs, je ne sais, la terre a cicatrisé. La terre ne crie pas, contrairement à ce qu'assure l'Évangile. Quand je donnai ce livre à

51

mon père, comme lorsque je lui montrai la carte de président de l'Amicale des Normands du camp de Rawa Ruska que j'avais trouvée sur le site Internet des anciens du camp et qui portait son nom : tu t'intéresses encore à ces choses-là ? me dit-il. Je n'ai pas pu voir Pierre Gascar, il était mort.

12

Ils sont au café Jeanne d'Arc en train de parler de Guy, passé en Angleterre pendant l'été. Phil dit que c'est sa fiancée qui l'a poussé parce que ça fait plus chic d'avoir un fiancé à Londres qu'à Rouen. Au moins il ne nous a pas fait la leçon, commente Jean. Ils ont beau plaisanter, l'acte de leur camarade les remue. La sinistre sirène des alertes mugit. Les bombes commencent à tomber avant même que le café ait coupé le courant. Ils se précipitent dehors, se collent au mur qui tremble. Pour Jean qui n'était pas là en juin 40 et qui, au front, n'a jamais été pris dans d'autre engagement qu'une escarmouche, c'est l'épreuve du feu. Il reconnaît ce que lui a décrit sa mère : déchirement des tympans, sensation qu'une porte vous claque violemment sous les pieds. Le patron les enjoint de descendre à la cave au plus vite mais Jean s'enfuit, il court jusqu'à la rue du Robec pour être avec sa mère. Elle est déjà dans la cave, calme, récitant son chapelet. Contrairement à la plupart des habitants que ces bombardements indisposent sérieusement contre les Alliés, elle les désire, parce qu'ils lui annoncent la libération de Paul, Churchill l'a dit. La guerre est un sale moment à passer, juste un sale moment à passer. Un quart d'heure. Un quart d'heure de bombes, suivi d'un silence surdimensionné, effrayant avant que ne le déchire la sirène de la première ambulance. Quartier de Saint-Ouen devenu monceaux de gravats, abbaye sévèrement amochée, désolation de désolation, les mots bibliques viennent aux lèvres. Sept cents morts. Des maisons achèvent de tomber, s'écroulent sur elles-mêmes. Les gens pleurent. La guerre est un sale moment. Une femme hurle que les Anglais ne savent pas viser, ou le font exprès. Sa maison est aplatie, ses vieux parents et son chien dans la cave.

Les Étudiants Associés se sont inscrits dans une équipe de déblaiement. Et c'est là que C. vient trouver Brenner, C., représentant à Rouen du secrétariat à la Jeunesse. Il propose à la troupe d'entrer dans les Équipes nationales, en échange de quoi il leur offre une salle, une tournée et même une subvention. Mais Jean est ferme : on ne donne pas sa signature, nous n'irons pas à Paris dans les wagons de Vichy. C. est surpris de cette réaction : vous travaillez déjà pour le Maréchal, leur dit-il, puisque vous donnez votre recette au Secours national ! Ils se récrient de conserve que cette idée ne les a jamais effleurés, qu'ils veulent seulement relever le niveau de culture générale et aider les gens qui sont dans la misère. D'ailleurs le programme de leur saison ne convient absolument pas à Vichy, *Œdipe* de leur cher Gide, avec, en lever de rideau, *La Scintillante* de Jules Romains. Parce que la scintillante, c'est la bicyclette, la chère bicyclette qui rend la guerre supportable. Et parce que Jules Romains a dû fuir la France pour ses idées pacifistes. Il est sur la liste Otto. Dans le feu de la discussion, ils éprouvent leur force, leur engagement. Ils sortent du bureau de C. fiers d'eux. Comme Guy peut-être.

Ce que Jean a senti chez Brenner, ce pour quoi Jean l'estime, ce pour quoi il l'a choisi, lui, plutôt que la Bande de la revue, quand il l'a abordé à l'université pour lui demander d'être le trésorier de sa troupe, c'est qu'il est vraiment préoccupé de création, de paroles nouvelles, d'engagement dans l'art. Babette aussi l'a senti, quoique beaucoup plus confusément, parce que, en elle, l'art n'est pas le seul désir de libération, mais également l'amour. Elle ne sait pas ce qu'est l'amour, si ce

55

n'est un infini désir de liberté et de bonheur. Les autres, Phil, Duparc, Mabé, Jacqueline, ce n'est pas pareil. Ils sont là un peu par hasard, ils auraient pu se contenter de la Bande de la revue, mais il suffit de deux ou trois personnes pour donner à un groupe sa couleur, son dynamisme, son exigence.

13

Et maintenant il est dans les marais, la carte de travailleur volontaire cousue à l'intérieur de son manteau. L'herbe gelée craque sous son seul pas. Son camarade a fait demi-tour. Tout homme pris en flagrant délit d'évasion sera abattu sans sommation, telle est la loi allemande dans ce triangle de la mort. Ils ont pourtant préparé l'évasion ensemble, ne sont pas rentrés au camp ensemble après la journée de travail, sont allés ensemble au cimetière sous un prétexte quelconque chercher les habits civils échangés aux juifs contre un colis Croix-Rouge. Son camarade s'est mis à pleurer alors qu'ils avaient déjà parcouru la moitié du chemin, c'est-à-dire marché une dizaine de kilomètres en direction du nord-ouest. Il a voulu absolument rentrer avant l'appel. Paul est seul. Il doit marcher jusqu'à la gare de Belzec. Il suit la voie de chemin de fer qui relie Lemberg à Varsovie en passant par Rawa Ruska, Belzec et Lublin. À Varsovie, il changera pour Berlin. S'arrêter, c'est geler sur pied, il a de la paille dans les chaussures. Décembre. Moins vingt degrés. La lande marécageuse et gelée étincelle sous la lune. Ses pas résonnent dans ses oreilles. Pas un bruit d'animal, pas d'autre présence que la sienne, homme de Normandie qui s'acharne à rattraper l'évasion qu'il a manquée à Kaysersberg. Et soudain, un ronronnement, le train ! C'est vrai, le train ! Il avait oublié le bruit du train ! Il se jette à plat ventre. Heureusement, la voie pénètre dans la forêt, il sera plus en sécurité au milieu des arbres. Il fait encore nuit quand il arrive à Belzec. Il sait que c'est là que sont les petites qui faisaient les bœufs, et celles qui les ont remplacées aussi. Il y a des camarades qui disent que, à Belzec, les Allemands mettent les juifs dans une piscine et envoient du courant électrique. Les gens ont une imagination effrayante. Comme si cela ne suffisait pas, ce qu'il a vu, de ses yeux vu, et qu'il ne dira jamais. La capacité à encaisser est plus grande que la capacité à voir, telle est la vérité que Paul a découverte à Rawa Ruska. Le camp des juifs ne doit pas être loin. Il ne faudrait pas qu'on le prenne pour l'un d'eux en fuite. Il presse le pas vers la gare. Acheter un billet sans éveiller la méfiance. Il a sur lui les marks acquis contre ses colis à Hoyerswerda, et précieusement gardés. Les jambes flageolant de fatigue autant que de trac, il laisse tomber ce seul mot au guichetier, Varsovie, prononcé à l'ukrainienne comme il l'a entendu dans les kommandos de travail, et le billet est dans ses mains ! Chaque étape franchie est miraculeuse. Il lui semble que tout crie sur lui qu'il est un prisonnier évadé, mal vêtu, sans bagages. Surtout quand un soldat allemand le regarde avec insistance, quitte son groupe pour venir vers lui : *du kommst aus Rawa Ruska ? Nein Rawa Ruska, nein.* Varsovie. Varsovie. L'espoir s'accroche à ce petit mot de Varsovie. L'Allemand le tire par le bras, le pousse brutalement dans le bureau du chef de gare, appelle le camp, crie : *hallo, hallo !* Mais la ligne est coupée. Peut-être que Paul doit sa vie à un bienheureux sabotage de partisan qui ne le saura jamais, qui sera pris lui-même, et pendu à un arbre en exemple pour la population tandis que sa mère ou sa fiancée croiront qu'il est mort pour rien, qu'il aurait mieux fait de rester sagement à l'université de Kiev penché sur ses livres. L'Allemand est très énervé, le train qui l'emmène en permission à Odessa va arriver, il ne va pas laisser passer sa permission à Odessa pour un sale type qui s'est évadé ! Il pourrait sortir son pistolet et elle se serait arrêtée là, papa, ton histoire, et je ne serais pas né. Mais il jure et abandonne. Et tu montes dans le train qui t'emmène vers Lublin et Varsovie. Puis dans un autre vers Berlin. Des gens t'ont aidé dans le train, je suis sûr que des gens t'ont aidé, de pauvres gens qui rentraient chez eux et pour qui la maison n'était plus un réconfort parce qu'elle abritait le deuil, et parce qu'elle ne protégeait plus de rien. Quelqu'un t'a donné un verre d'eau chaude, il y a des samovars dans les wagons de ces trains de l'Est, je les ai vus.

14

Le spectacle est fin prêt, le décor sommeille sur la scène du Théâtre-Français pendant que les acteurs ont du mal à dormir. Demain est le grand jour. La distribution n'a pas été facile, faute de combattants : Guy est en Angleterre, Phil, le chef scout, est parti pour l'école d'Uriage, et le père de Béatrice Berthier, à qui Brenner voulait donner le rôle de Jocaste, ulcéré du ridicule qu'elle s'est donné et lui a donné dans *Le Treizième Arbre*, lui a interdit de fréquenter la troupe. Béatrice Berthier n'a pas les moyens de s'opposer à la volonté de son père, elle est mineure. Elle n'a pas pu s'opposer non plus à ce qu'il la retire de l'université où elle était inscrite en philosophie. La voilà maintenant dans la même école de puériculture que Babette. Il faut l'avouer, Brenner et Deslorgeux ont fini par donner leur accord à C., ils jouent «sous le patronage du secrétariat à la Jeunesse », comme imprimé sur la billetterie. Ils ont cédé à la facilité : la salle, les dérogations au couvre-feu. Oui, mais ce matin, alors que tout est prêt, que chacun chez soi sent son cœur battre plus vite, quelqu'un dépose chez Brenner une lettre anonyme : « Au cas où vous persisteriez à faire jouer *Œdipe* de Gide et *La Scintillante* de J. Romains, les autorités d'Occupation ont, sur la proposition du PPF et du RNP, décidé d'embarquer pendant la représentation toute votre troupe. Votre destination est l'atelier 122 du Blok 44 aux usines Siemens à Essen. Convenez que ce n'est guère le moment de jouer des pièces aussi amorales qu'*Œdipe* du communiste Gide, et que *La Scintillante*, du traître J. Romains[1]... » Brenner court chez Jean, qui décide de montrer la lettre au préfet. Ils n'auraient pas dû. Il fallait répliquer comme il se doit dans ce genre d'action : par le mépris. Car, inquiet, le préfet prévient la Staffel. Et celle-ci, à quelques heures de la représentation, retire son autorisation. Non seulement les Étudiants Associés doivent acquitter le montant de la location de la salle et

---

1. J'ai recopié cette lettre du *Journal* de Jacques Brenner, tome I, Fayard/Pauvert, 2006. C'est également dans ce journal que j'ai puisé les informations concernant les Étudiants Associés, et notamment, bien sûr, Jacques Brenner. Je ne me suis toutefois pas privée d'inventer quand la nécessité s'en faisait sentir. (*N.d.A.*)

rembourser les billets, mais ils n'ont plus le droit de se produire en public. Brenner et Deslorgeux subodorent qu'il s'agit d'un coup du père de Béatrice, Jules Berthier, membre du PPF, parangon d'un redoutable club de bigotes. Ils sont effondrés. Pour rattraper la situation, les parents de Jacqueline, propriétaires du journal régional, leur proposent de jouer dans leur salon. Ils prennent date la semaine suivante, le temps de quelques répétitions pour s'adapter à l'espace.

L'après-midi même, désœuvré, frustré de la joie qu'il se faisait à présenter le spectacle (il refuse de jouer mais il aime beaucoup présenter les spectacles), Jean accompagne sa mère à la salle paroissiale. Il lui porte les pots de gelée de coings qu'elle donne à l'ouvroir. Béatrice Berthier est là, triant les dons. À sa vue, elle se trouble, ramasse ses affaires pour quitter la place. Toute la ville ne parle que de l'annulation de la représentation, que de la lettre anonyme, et elle a honte, son père s'est vanté devant elle de faire interdire le spectacle. Mais Jean la retient. Que devenez-vous ? Elle a l'air si secrète, si repliée sur elle. Elle me conviendrait peut-être, pense Jean. Il l'invite à la représentation chez les Grandville, parents de Jacqueline. Qui joue Jocaste ? demande-t-elle avec un sourire triste. Et soudain, c'est une évidence. Oui. Béatrice Deslorgeux. Il la regarde et

les larmes lui viennent aux yeux. Elle le sauvera.
Vous viendrez ? lui dit-il. Je vais essayer.

Les Grandville ont lancé des invitations à tous
leurs amis. Madame Grandville supervise l'installation du décor dans son salon, mis sens dessus
dessous. Cela l'amuse, lui rappelle le temps où
son grand-père payait des comédiens – il disait
des saltimbanques – pour jouer l'été dans son
manoir d'Auffay. Que penserait-il, son grand-
père, s'il savait que son arrière-petite-fille fait
l'actrice, que c'est elle qui se montre ? Elle aussi,
jeune fille, elle avait joué dans des pièces de
Georges Ohnet avec ses amies (les rôles des
garçons étaient tenus par des filles et il n'y
avait presque que des rôles de garçons), mais pas
avec ce sérieux, cet air d'y croire qu'ils ont,
comme s'il s'agissait d'un manifeste. Leur Gide !
Familles, je vous hais… On peut écrire n'importe
quoi sur un papier. Il a bon dos, le papier !
Encore, ce n'est pas tant ce *Familles, je vous hais*
qui la choque, que cette absurde théorie de l'acte
gratuit, ce Lafcadio (bâtard bien entendu) pré-
tentieux que parfois lui évoque l'aîné des
Deslorgeux dont elle sent que la courtoisie n'est
pas très catholique, c'est à cause de lui que
Brenner a entraîné leurs enfants. Il a perdu son
père trop tôt. À vrai dire, la décision de cette
représentation revient à son mari. Accueillir

la Bande de la revue lui aurait mieux convenu. Mais leur fille préfère Brenner, les filles ont des opinions maintenant. Et son mari est amoureux de sa fille. À moins qu'il ne s'agisse d'un calcul politique, qui sait comment le vent va tourner ? Quand *Le Figaro* a publié son enquête : « Faut-il redresser la littérature ? » son mari a laissé paraître dans les colonnes de leur journal la réponse de Deslorgeux : pourquoi ? elle est tordue ? Enfin, peu importe, elle est heureuse de recevoir, qu'il se passe quelque chose chez elle. Et pas mécontente de s'opposer au préfet. Dans sa famille, on a toujours marqué son mépris pour les fonctionnaires. On ne les reçoit pas. Tout est prêt, elle a fait descendre les chaises d'appoint du grenier, elle a fait tendre un rideau de scène et s'est donné un mal fou pour qu'on puisse l'ouvrir, car il n'y a pas de théâtre sans un rideau qui s'ouvre et trois coups qui résonnent. Elle a donné son avis sur le costume de Jocaste, préparé des gâteaux pour régaler son monde. Babette, qui joue la patronne dans *La Scintillante*, se concentre dans la chambre qui sert de loge, les yeux rivés sur le miroir devant lequel elle s'est maquillée. Josette tremble de trac à côté d'elle. Brenner, qui joue Œdipe, fait des grimaces à se décrocher la mâchoire. Jean est déjà à l'entrée. C'est lui qui accueille les gens. Il est si courtois, si affable, que chacun se sent rasséréné comme si lui avoir serré la main prouvait que la France existe encore. Chaque fois que retentit la sonnette, il espère que ce sera Béatrice Berthier. Mais ce n'est jamais elle.

15

Paul arrive à Berlin dans un train où circulent les robes blanches des infirmières. À Varsovie, le chef de gare a fait accrocher deux ou trois wagons à ce train qui vient du front russe. Le voyage est très long, la halte à Posen interminable. À l'arrêt, les gémissements et les cris des blessés redoublent d'intensité. Avec le lever du jour, Berlin approche. Quelques traces de bombardements vérolent le paysage. La neige a disparu. Berlin est sec et lumineux. Il ne connaît de la ville que ce qu'il en a vu aux actualités mondiales, le décor d'Hitler, la porte de Brandebourg, la colonne de la Victoire, le Reichstag, le Sportspalatz. Quelqu'un le houspille pour qu'il aide à descendre les blessés. Il brancarde un jeune homme sans jambes. Chaque étape est un miracle. Il ne réfléchit pas, se coule dans ce que propose l'instant. Sortir de la gare, découdre au plus vite la poche intérieure dans laquelle se trouvent ses faux papiers. Il est debout et entièrement seul sur l'Alexanderplatz. Il s'appelle Gérard Platier et il est cuisinier.

Bientôt Noël, il devrait être aisé de se faire embaucher dans un restaurant. Paul n'a jamais fait cuire un œuf. Il n'envisage pas l'éventualité qu'un chef allemand puisse vouloir profiter par son intermédiaire des sauces françaises, des recettes françaises. C'est normal, il a la mentalité du prisonnier, les Allemands confient aux Français vaincus, pense-t-il, les basses tâches, la corvée d'épluchure, la plonge. Il quitte l'Alexanderplatz, trop proche de la gare, trop proche encore de Rawa Ruska, et, après quelques hésitations, pousse la porte des cuisines du Borchardt, 18, Französischestrasse, élégant restaurant aux colonnes de marbre. Sale comme il est, il n'a pas osé entrer dans la salle où des serveuses mettent silencieusement le couvert, plaçant avec soin couteaux et fourchettes, lui qui, il y a trois jours encore, avait pour gamelle une vieille boîte de conserve. Il montre ses papiers à un cuisinier qui le conduit à son patron. La main-d'œuvre manque et le patron est impressionné par l'allemand de ce Français, son bon visage de Normand malgré sa mise pouilleuse. Il lui demande sa spécialité. Aïe ! Paul n'a pas prévu cela. Il dit qu'il

n'est qu'un apprenti. Mais que savez-vous faire ?
L'oie farcie, dit-il parce que c'est le clou des
dîners de sa mère. Ah ! *gut* ! *gut* ! Et que mettez-
vous dans la farce ? s'enquiert le patron. Heureusement que sa mère a maintes fois commenté à
table la réussite plus ou moins parfaite de cette
farce. Du foie et du veau, lance-t-il victorieuse-
ment. Ah bon ? Pas d'œufs, pas de crème ? Et ce
n'est pas trop sec ? Pas du tout (son père trouvait
souvent que c'était trop sec) ! Hélas, *krieg ist
krieg,* je n'ai pas d'oie, déplore le patron, ça ira,
entends-toi avec le chef. À la cuisine, on lui offre
un verre de bière et du chou au lard. Paul n'en
croit pas ses yeux, il voudrait bâfrer, il sait qu'il
ne faut pas. Vous n'avez rien à manger en
France ? Paul invoque des maux d'estomac qui
n'ont d'ailleurs rien d'imaginaire. Il y a une
bonne chaleur dans cette merveilleuse cuisine. En
route pour ma petite sieste, se surprend à penser
Paul, avec l'exacte intonation de sa grand-mère
après qu'elle avait avalé sa dernière goutte de
café, tourné sa cuillère pour ramasser le sucre qui
restait au fond de la tasse, sous le tilleul de Sahurs.
Le souvenir a surgi dans toute sa fraîcheur,
comme s'il avait été assis sous le tilleul la veille.
Tu es sale, lui dit le chef cuisinier. Certes, Paul
porte sur lui la crasse de trois ans de prison. Ses
chaussures qui compriment ses pieds gourds et
douloureux et qui ont appartenu à un juif de

Rawa Ruska, Sokal ou Brody, même s'il a pris soin d'en ôter la paille, ont bien besoin d'un coup de cirage. Fais-moi une purée, ordonne le chef. Va-t-il avouer qu'il n'a jamais rien fait d'autre qu'aider sa grand-mère à écosser les petits pois du potager de Sahurs ? Non. Il se lance. À la seule façon dont il épluche les pommes de terre, il est aussitôt clair qu'il n'est pas cuisinier mais il continue sous les regards pesants. Le chef le laisse s'enferrer : pommes de terre pas cuites, manque de lait, purée immangeable. Se rappelant que sa mère disait : avec du beurre, on sauve tout, il demande le beurre, en coupe un monstrueux morceau et le jette dans la casserole en déclamant fièrement le précepte maternel. Tout le monde se moque, même l'aide cuisinier, soulagé par la nullité de cet éventuel concurrent. Tu es communiste ? lui demande-t-on. Je déteste les communistes, affirme-t-il, ils ont perdu la France. J'ai besoin de travail, je suis soutien de famille, j'admire l'Allemagne. Bravo, mon petit Paul, tu es en train de gagner la partie. Le chef lui prend la casserole des mains, rattrape la purée et lui dit : les canons d'abord, le beurre ensuite ! Reste avec nous, on va t'apprendre.

16

Jean Deslorgeux retourne à l'ouvroir paroissial dans l'espoir d'y croiser Béatrice Berthier. Comme elle ne vient pas, il attend à la sortie de l'école de puériculture. Elle apparaît un jour parmi des camarades, avec son air triste, un peu celui qu'ils avaient au Houlme, l'air triste du Houlme, cet endroit qu'il s'était juré d'oublier, auquel il a tourné le dos et qui revient comme quémander de l'attention à travers le visage de Béatrice Berthier. Il est vrai qu'elle y venait, petite, voir ses cousins, patrons d'une filature. Je vous demande pardon d'avoir eu la maladresse de vous inviter à la représentation, lui dit-il, j'ai bien compris que vous ne soyez pas venue, mais nous nous réunissons à la maison samedi prochain. Venez, je vous prie. Ce sera très simple.

Il n'y a plus de zone libre en France depuis un mois mais il y a toujours des invitations. Et chez Jean, il y en a souvent, impromptues, bruyantes, sa tante, triste vieille fille, s'y est faite. Chacun apporte les munitions qu'il a pu trouver. Amélie se débrouille pour faire des gâteaux sans œufs et sans beurre. On écoute de la musique américaine, Louis Armstrong, Count Basie, on fait les zazous. Brenner ne danse pas, il amène des élèves du lycée, il trouve ça chic. Il est flatté d'être là. Il se souvient qu'il n'a pas osé s'inscrire au club des Cottes, parce que son père travaille aux chèques postaux et que sa mère fait elle-même ses mises en plis. Babette, elle, n'a aucun complexe, aucune fierté particulière de se hisser du magasin de ses parents aux salons des grands bourgeois, elle ne pense qu'à « l'Art », n'a que ce mot à la bouche. Certes, l'allure et l'élégance de Jean l'attirent mais ce qu'elle cherche en lui est beaucoup plus fort : une vie dans « l'Art » (*Ma vie dans l'art*). Peu importe, croit-elle, les biens, une vie dans l'art n'en a pas besoin.

Elle a souri, elle a dit oui, je viendrai. Déjà Jean la voit bouger parmi les meubles Deslorgeux et les larmes lui montent aux yeux. Il ne se doute pas du courage qu'il faut à Béatrice

Berthier pour affronter les autres, du temps qu'elle passe devant sa glace à essayer de se trouver moins laide, des battements de son cœur pendant qu'elle débite un mensonge à sa mère. Pourquoi vient-elle ? Ce ne sera pas agréable. Ils savent que c'est son père qui les a saqués. Elle a honte de son père, mais plus encore honte qu'on l'attaque. Et s'ils ne disent rien, ce sera pire, elle sentira peser leurs reproches. Jean Deslorgeux est très gentil, mais il est gentil avec tout le monde, comment croire à sa gentillesse ? La maison se remplit. Tous les amis sont là cet après-midi. Jean la prend par le bras, broyant sans vergogne le cœur de Babette qui l'a déjà vu la suivre à la sortie de l'école. Ils décident, pour manifester leur indépendance d'esprit, de se tutoyer pendant toute la soirée et qu'on s'appellera par son prénom. Béatrice rit à tout. Elle se détend, dit, oui, que c'est pas mal de s'occuper des bébés, mais que si quelqu'un voulait bien lui porter les cours de philo, elle serait contente. Jacqueline arrive en retard, avec un petit chien, on la met au courant du jeu. Qu'est-ce que tu fais avec ce petit chien ? – C'est le chien de mes voisins, les Levy, ils ont été arrêtés ce matin. Elle se tourne vers Béatrice et ajoute : cela a dû faire plaisir à votre père ? Béatrice rougit. Jean continue le jeu : tu es chez moi et tu es priée d'être polie avec mes invitées. – Oh ça va, tu n'es pas poli, tu es lâche. – Pas la peine de vous engueuler pour un chien, intervient un troisième larron particulièrement stupide. Mais Béatrice ramasse ses affaires et s'en va.

17

Les employés sont logés au dernier étage dans des chambres de service. Des douches communes impeccables sont à leur disposition. L'eau est chaude. Ses pieds dans le bac à douche sont noir et violet, insensibles. Il manque un ongle à un gros orteil. Il a une chambre pour lui seul. La porte est fermée. Il sombre dans le sommeil. Jusqu'au réveil en sursaut. Dans son sommeil, il est retourné à Rawa Ruska et l'appel l'attend. Une voix inconnue derrière la porte. Les cloches de la cathédrale Sainte-Edwige. Il est sept heures. Berlin, les fourchettes et les couteaux, les verres à pied, l'esprit s'ajuste, prêt à l'épreuve du jour. Le mitron ouvre la porte et dépose sur la table une tenue de travail, te voilà garçon de cuisine.

Le personnel des cuisines ne va jamais dans la salle. Il ne fait qu'entendre le murmure distingué des conversations, et, en fin de soirée, les cris et les rires, les chants avinés. Seuls les serveurs et les serveuses font l'aller et retour. Voici venu le quatrième réveillon de guerre. La ration de viande est de 100 grammes par semaine. Berlin a faim. Mais des caisses de gibier arrivent subrepticement dans les frigos du Borchardt. Du sanglier de la Forêt-Noire, du chevreuil de Bavière, du foie gras de France, des huîtres d'Oléron, du champagne de Reims, du Lacryma Christi d'Italie. Paul passe la nuit à ouvrir les huîtres. Ça, tu sais faire ! lui lance le chef cuisinier. Ouvrir les huîtres est une des rares choses que le père ait apprises à ses fils. Le reste ne s'apprend pas. On naît Deslorgeux. On peut être un Deslorgeux raté. Les Deslorgeux ratés ont une place, à l'ombre des Deslorgeux réussis. Tant qu'il y a des Deslorgeux réussis, il peut y avoir des Deslorgeux ratés. Hitler passera, mais pas les Deslorgeux, assurait Amélie. Musique, puis danse des couples, beuverie. Diplomates, officiers supérieurs, riches industriels tournent dans les cotillons avec leurs épouses. Les serveuses sont tristes à mourir. Elles portent à l'épaule de gigantesques plateaux de fruits de mer couchés sur la glace. Leurs maris sont au front. Elles ne savent pas que c'est bientôt la fin de Stalingrad. Elles ne le savent pas, les mauvaises nouvelles restent dans les états-majors, le peuple allemand est invincible. Elles ne savent pas qu'elles ont raison d'avoir le cœur serré, que le grand martyre de la VIᵉ armée est commencé, que les troupes attendent, grelottantes, des vivres, du carburant, des munitions. Tu n'es pas au bout de ton effort, peuple allemand. Il faut encore lever huit cent mille hommes, procéder au peignage de l'administration, de la bureaucratie, de la Wehrmacht dont les arrières sont bourrés de tire-au-flanc, des industries et commerces non nécessaires, à commencer par l'hôtellerie et la restauration. Le 21 janvier au soir, Goebbels ordonne la fermeture des restaurants.

Mais il est difficile de désespérer les riches. Le patron du Borchardt en est quitte en sacrifiant un mitron et en en allégeant la carte. Dans les escalopes viennoises, la viande est remplacée par des épinards et le consommé de brochet devient un consommé de tortue. Le 18 février, le discours de Goebbels martèle à nouveau la logique folle de la victoire, la suppression des privilèges, l'égalité devant la guerre. Ceux qui doivent partir crachent au pied de Paul : c'est la France qui a déclaré la guerre et c'est toi qui restes !

18

Le lendemain, Jean retourne attendre Béatrice Berthier à la sortie de son école et s'en veut de l'expression douloureuse qui bouleverse sa figure à sa vue. Je vous en prie, Béatrice, pardonnez-moi, écoutez-moi, je voudrais vous parler, mais elle passe son chemin. Jour et nuit il pense à elle. Il a mis tout son espoir en elle, en sa bonté. Elle était sous ses yeux et il ne la voyait pas, Babette lui cachait sa vue, Babette est trop frénétique. Il revient le lendemain, il revient trois jours de suite, elle s'esquive chaque fois, jusqu'à ce qu'il lui dise, comme ça, dans la rue, puisqu'elle lui refuse l'opportunité d'un tête-à-tête : je voudrais vous épouser. Alors elle s'arrête. Elle le regarde éberluée, puis elle dit : mais c'est impossible. – Pourquoi ? – Vous ne pouvez pas m'épouser. – Mais pourquoi ? Un silence et elle se lance :

parce que je suis socialiste ! Et elle part en courant, laissant Jean stupéfait sur le trottoir. Chère Béatrice Berthier qui vit encore dans son petit appartement de la rue Jasmin, et qui raconte maintenant cela en riant. La tête qu'avait faite Jean ! Passé sa stupeur, il était revenu à la charge : et les socialistes ne croient pas à l'amour ? Alors elle lui avait donné un livre de Léon Blum, *Du mariage*. Au bout de dix pages, Jean savait que ses plans étaient à l'eau : Léon Blum conseille aux jeunes filles d'essayer leurs maris avant de les épouser. Mais fiançailles, mariage et nuit de noces, n'étaient-ce pas trois temps compréhensifs, respectueux, trois étapes que la bonté de mademoiselle Berthier aurait permis à Jean de franchir ? Votre oncle était un étrange personnage, me raconte-t-elle dans son salon tendu de chintz. On sentait que quelque chose n'allait pas. Son allure était trop parfaite. J'ai raconté à Béatrice Berthier combien il s'était occupé de nous, petits. Combien je lui devais. Je lui ai dit qu'il avait habité toute sa vie rue Jeanne-d'Arc, avec sa mère, Amélie, jusqu'à ce qu'elle meure. Qu'il n'avait jamais quitté Rouen dont il disait pourtant tant de mal. Qu'il n'était jamais devenu bâtonnier, alors qu'il indiquait à qui voulait l'entendre la marche à suivre pour y parvenir. Comme c'est triste, a commenté Béatrice Berthier.

19

Oui, il reste ! Il est requis par la situation, par les obligations de l'instant, accomplir la tâche confiée, réussir à paner correctement les épinards. Sans se l'avouer, il redoute le retour. Quand il pense à Rouen, il a les boyaux tordus. Et puis, maintenant qu'il est propre, bien qu'il soit strictement interdit d'avoir des relations avec les travailleurs étrangers, les serveuses lui tournent autour, Greta, par exemple, dont le regard le trouble. À Rouen pendant ce temps, ils se disent : mais qu'est-ce qu'il fait ?

Dans la nuit du 2 au 3 mars 43, trois officiers ivres sont attardés dans la salle quand Berlin subit son premier bombardement d'envergure. Ils sortent dans la rue, une bouteille à la main. À peine sont-ils dehors qu'une bombe tombe tout près, sur Sainte-Edwige. Il ne reste rien des trois officiers. Des incendies illuminent la nuit longtemps après que les avions se sont tus. Le moral de la population berlinoise ne faiblit pas pour autant, elle comprend le concept de guerre totale scandé par Goebbels. Des consignes sont données pour organiser la défense passive en cas de nouvelle alerte, des mesures contre le pillage. Un grand filet de camouflage est tendu sur Charlottenstrasse, l'assombrissant même en plein jour. Il y a déjà des gens pour murmurer que l'Allemagne est foutue. Mais Paul reste. Qu'est-ce que tu attends, frérot ? se demande Jean. Tu as fait plus dur que de fausser compagnie à un restaurant ! Et comme il pense à Béatrice Berthier, serait-ce une femme qui te retient ? Moi j'aimerais une socialiste, et toi une Allemande, une sorcière blonde, une lorelei ?

La nuit où elle apprend que Paulus a capitulé, que son mari, s'il n'est pas mort, est prisonnier des Soviétiques, dans l'infini besoin d'un réconfort, Greta frappe à la porte de Paul. Chut, dit-elle. Elle se déshabille devant lui avec ses seins comme des poires. Elle comprend à son regard, à son trouble, qu'il est puceau, que tout est pour la première fois, elle n'aurait pas cru. Son mari n'a jamais tremblé si fort. Elle s'allonge sur le lit et le guide, *mein liebe, mein liebe,* murmure-t-elle, va doucement, parce qu'il s'excite comme un fou, doucement, oui, c'est bien maintenant, fais attention à ne pas crier. Voilà six mois que Fritz est parti, six mois que mes mains le cherchent. Six mois qu'elles essuient des fourchettes, plient des serviettes, servent des assiettes sans être récompensées par la bonne peau de Fritz. Six mois qu'elles n'aiment plus. Je leur disais à mes mains : soyez patientes, il va rentrer, soyez prêtes comme les vierges sages. Que vais-je leur dire maintenant ? Laisse-les profiter de toi, gentil Français. Et la nuit, il attend qu'elle frappe à la porte, et elle ne le fait pas toutes les nuits, il faut être prudent, et quand elle ne le fait pas, ça le rend fou. Il paraît que les Soviétiques ont communiqué à la Croix-Rouge des listes de prisonniers. Elle voudrait bien savoir si Fritz y figure. Paul se renseigne pour elle car elle n'ose pas aller elle-même au bureau de la Croix-Rouge. Le nom figure. Il fait cocu un soldat. Chaque jour il se promet d'arrêter là. Mais dès qu'elle ouvre la porte, il sait qu'il ne tiendra pas parole. Il restera presque un an à Berlin. Dix mois exactement. Alors que les bombardements massifs commencent dès juillet. Je suis un raté, se dit-il, soir après soir, quand Greta quitte sa chambre. Il se souvient de la scène où Taras Boulba tue son fils cadet perdu d'amour pour une princesse polonaise. Boulba lui ordonne de descendre de cheval, le beau jeune homme dont le cœur est pris, et l'enfant le fait en silence, me voici père, et le père le fend en deux de son épée.

L'Italie capitule. Paul est toujours là. C'est la nouvelle du débarquement des Alliés près de Naples qui le réveille. Pour la première fois de sa vie, l'émotion politique l'envahit. Il est vrai qu'il a découvert depuis peu une église où des gens se réunissent en secret autour d'un pasteur pour écouter Radio Londres. À l'écoute des communiqués du débarquement à Salerne, l'émotion est si intense parmi les résistants présents, des Allemands comme des étrangers qui sont venus pour gangrener le Reich de l'intérieur, qu'il a un sursaut de volonté et décide fermement de rentrer à Rouen. Il se sert du moyen le plus simple, le plus officiel : il demande ses congés à l'office des travailleurs volontaires. *Nein*, dit l'employé, nein vacances. Paul sort de sa veste paquets de cigarettes et tablettes de chocolat. Les pose sur la table. J'ai des enfants qui ont faim, soupire l'employé qui tamponne la carte. Dans le couloir, il y a un autre Français qui attend. Il se présente : Patureau, de La Bouille. Un voisin ! Ils se serrent la main. Paul lui donne les deux tablettes de chocolat qu'il lui reste et qu'il voulait offrir à Greta. Cela a suffi ! Ils décident de rentrer ensemble. Mon cœur me dit que Fritz est mort, dit Greta.

II

1

Gare de Rouen. Paul avance dans un décor, maisons noircies, détruites, drapeaux nazis, marche sur les trottoirs en sens unique. Il n'éprouve rien. Descend la rue Jeanne-d'Arc, tourne à gauche vers l'abbatiale Saint-Ouen. Rue du Robec très abîmée. Pas la façade du 38. Il pousse la porte. Le vestibule, les rideaux Deslorgeux en damas vert, l'odeur, il reconnaît ce qui est devenu un décor. Le salon est désert, le petit salon, la salle à manger. Un bruit au fond de la maison, dans la cuisine. Il y va, il voit une femme qui se tient de dos au-dessus des fourneaux. Elle se retourne, c'est sa mère. Et c'est son fils, maigre et tremblant, son fils Paul parti depuis trois ans. Le décor s'incarne d'un seul coup. Ils ne peuvent pas faire un geste, stupéfiés. Elle regarde avec effroi son visage nouveau jusqu'à ce qu'enfin le souffle revienne et qu'elle puisse dire son nom : Paul, et avancer vers lui, et pas encore la possibilité de le serrer contre elle, trop de respect, ce n'est plus un petit, elle lui prend les deux mains, elle l'assoit, elle pleure, elle lui sert un verre de vin, avec du pain. Elle le regarde de tous ses yeux et quand il a fini le morceau de pain, elle lui demande comment il est rentré. En train, dit-il, j'ai obtenu un congé. Et la vie revient, elle sourit, oh mon poulot, je t'ai attendu tous les jours. Et voilà qu'on entend le pas de Jean, reconnaissable entre tous, sautillant depuis le fond du couloir. C'est trop rapide, il aurait fallu se préparer, être en train de rentrer sans être encore arrivé. Jean balbutie : tu les as eus. Paul se souvient qu'il a une question à lui poser mais ne sait plus laquelle. Il répond comme il peut à celles qu'on lui pose, oui, les bombardements, Cologne au ras du sol, le désespoir allemand. Tante Solange, alertée par le bruit, est descendue de sa chambre et s'exclame, comme tu es maigre, tu ne vas pas y retourner, n'est-ce pas, on va te cacher, et Paul se souvient qu'il a une question à poser mais il ne sait plus laquelle. Et demain on partira pour Sahurs, et Paul y attendra caché la fin de la guerre, qui ne tardera plus. Et voilà que le soir, pendant le dîner, le premier dîner, la question revient à la mémoire et que Paul la pose à son frère : comment t'es-tu évadé ? Comment je me suis évadé ? Jean se met à rire. C'est si loin maintenant. Devant l'expression haineuse de Paul, il se reprend mais trop tard ! Il a ri ! Il a ri comme s'il se moquait de la question, de lui, comme si le sujet était risible. J'ai eu de la chance, explique Jean. Les Allemands nous avaient entassés dans une caserne à Amiens, un ancien séminaire. Les hommes dormaient dans la chapelle, les officiers dans les cellules au premier étage. J'ai tout simplement sauté par la fenêtre, en pleine nuit. J'ai couru. Je suis rentré chez des inconnus, j'ai eu de la chance, ils m'ont habillé. Je suis parti à pied dans la nuit chez les Bertrand. Tu te souviens que père nous emmenait à la chasse chez les Bertrand ? J'avais faim, il n'y avait pas eu de ravitaillement à la caserne. Ils m'ont servi un repas et je suis rentré à pied à Rouen. Tu vois, pas de quoi se vanter ! Mais toi, dit-il, raconte-nous comment tu as fait ? Et Paul, dont le visage s'est fermé comme une porte, répond : c'est sans intérêt. Comment sans intérêt ? Il n'ouvre plus la bouche.

2

À Sahurs la table est ronde quand on n'y met pas de rallonge. Amélie et son fils y déjeunent en silence. La neige, la pluie, le vent les regardent par les vitres.

Il me semble être le vent et la pluie qui les regardent.

Avant qu'ils ne s'assoient, Amélie récite le bénédicité. Bénissez-nous, Seigneur, bénissez ce repas, ceux qui l'ont préparé, et procurez du pain à ceux qui n'en ont pas. Puis elle ajoute (depuis 1936) : et protégez la France des Allemands et des communistes. D'habitude elle dit les Boches, au Seigneur elle n'ose pas. Ainsi soit-il. Berthe apporte la soupe. Amélie endure le silence de ces repas, comme elle a enduré ceux du Houlme pendant dix-huit ans. Oh, les repas du Houlme, qui aurait pu les supporter ? Encore son beau-père parlait-il de temps en temps, commentant les méfaits du libre-échange, tandis que Maurice, son époux, muet, avalait son assiette à toute vitesse puis attendait, raide et sombre, que les autres aient fini la leur. Elle avait essayé, au début de leur mariage, de lancer quelques reparties, tombées comme des pierres dans une mare. Heureusement, mon Dieu, heureusement qu'il y avait eu ces moments, dans son petit bureau, où Maurice venait s'enquérir des finances de la pouponnière dont elle avait obtenu de s'occuper. Là, assis tous les deux ensemble, elle à son secrétaire, et lui sur la bergère, quelque chose demandait à naître entre eux à travers leurs discussions sur l'hygiène et le soin à apporter aux bébés des ouvrières. Heureusement aussi qu'elle avait eu ses deux garçons. Après la petite Lucie, morte à la naissance, le docteur avait dit qu'elle ne pourrait plus avoir d'enfants, mais elle avait prié, et jamais ne s'était refusée au devoir conjugal. Jean avait été un enfant merveilleux, Paul plus difficile, plus malheureux. Et maintenant il était là, revenu de captivité, merci mon Dieu, revenu entier, pas comme son frère à elle qui avait sauté sur une mine en 14, revenu entier mais plus silencieux qu'une tombe. Le silence, maladie Deslorgeux. Le repas est sobre, soupe, conserve de compote. Quand Jean rentre de Rouen le samedi, Amélie tâche d'améliorer l'ordinaire car elle sait qu'on ne trouve rien en ville. Avec Jean, le bruit emplit la maison, les conversations, l'escalier dévalé ou monté quatre à quatre, le rire pour un oui ou pour un non, le phono et ses disques de jazz. La mère et le fils essaient d'entraîner Paul, ou plutôt de ne pas voir, de faire comme si son silence n'était rien. Car, depuis qu'il est rentré, maintenant deux mois, il ne dit rien. Il reste assis dans le salon, les yeux fixés sur la baie vitrée, sans regard pour sa mère, son frère ou même Berthe, qui aide à la cuisine. Il ne sort pas par mesure de précaution : on a expliqué au village que Paul avait eu droit à un rapatriement sanitaire, mais les Allemands sont là et ont les moyens de découvrir le mensonge. Une fois le repas terminé, il retourne s'asseoir sur le canapé, il y passerait la nuit si sa mère ne lui signalait l'heure d'aller au lit. Mais il a beau dormir, sa pensée continue à ressasser la même rancœur : attends, je comprends pas, tu as sauté par la fenêtre et tu es rentré à pied. Tu sifflais peut-être pour faire comme si de rien n'était ? Toi, Jean le Meilleur, Jean le Preux, Jean le Cosaque exterminateur de Polonais ? Tu t'es enfui à dix heures du soir et vingt-quatre heures après tu étais chez toi au chaud dans ton lit ? Et qu'est-ce que tu as fait pendant toutes ces années après ton évasion ? C'est tout ce que tu es, Jean ? Un type qui enjambe la rambarde d'une fenêtre, qui va chez les Bertrand où nous allions enfants jouer les rabatteurs, nous tapions sur les fourrés avec un bâton, le soir on se changeait pour le dîner, comme chez Maupassant, un invité qui se régale et reprend la route vers chez lui ? Et moi, j'ai passé trois ans de ma vie à faire ce qui t'a pris une nuit.

3

Le lundi matin, Jean enfourche sa bicyclette et retourne à Rouen. Sur son bureau, sa tante a mis la photo de son fils Louis, prisonnier à Ludwigsburg. Il ne s'agit pas d'oublier qu'il occupe la place d'un autre. Il n'oublie pas. Il n'oublie pas la peinture. Il n'oublie pas, même s'il supporte de moins en moins ces heures improductives passées devant la toile devenue un mur hostile. Il pense que la situation, sa mère, son frère, lui sont néfastes. Que Paris sera un sésame, que Louis doit rentrer, Paul guérir et prendre la direction de l'usine, que Brenner aussi doit rentrer parce que, en attendant, c'est lui qui assure la direction des Étudiants Associés, et il voudrait être libre, libre, attentif à cette seule pulsion qu'il éprouve en face d'une toile blanche et d'une palette de couleurs, ce commandement secret de transformer ce blanc, de faire surgir ce qu'il devine avoir au fond de lui, un accord, une forme, quelque chose de déjà là dans la lumière, dans les visages, dans l'eau, dans ce qui s'offre aux yeux mais qui n'apparaîtra que sur la toile. Il pense aussi souvent à Béatrice Berthier. Elle est partie cet été sans lui dire au revoir. Babette raconte que son père l'a envoyée *manu militari* à Hambourg travailler dans une maternité. Il ira à la veillée de Noël organisée par le secrétariat à la Jeunesse pour lui demander des nouvelles de sa fille. Il pense aussi à son frère, à leurs relations toujours si difficiles que la séparation, l'épreuve n'ont pas améliorées. Il est trop susceptible aussi.

La veillée a lieu au Théâtre-Français, où les Étudiants Associés n'ont plus le droit de se produire. Devant le rideau, Jules Berthier prononce un laïus sur la pureté de la jeunesse et son sens du dévouement, toujours le même topo. Mollement applaudi, note Jean. Un groupe d'adolescents en uniforme bleu, portant béret, entre sur scène en marchant au pas sur un rythme à deux temps, le bras levé, et s'égosillant : « Mes amis, la vie est belle (deux temps à vide) dans nos gambades (deux temps à vide) nos escalades (deux temps à vide) Âmes claires (deux temps à vide) voix légères (deux temps à vide) sans un sou au fond de l'escarcelle (deux temps à vide) chantons au soleil qui ruisselle (la voix monte en criant) La vie est belle, belle toujours. » Ils terminent à tue-tête, et s'installent en carré sur scène. Suivent des mimes où tous bêchent une terre imaginaire, des charades sur les noms du Maréchal et des membres du gouvernement de l'État français. Jean décide de programmer une soirée Apollinaire. Il imprime aux Étudiants Associés ses goûts : la poésie plutôt que le théâtre, et Apollinaire par-dessus tout, qui lui avait d'abord donné l'envie de devenir poète. Cette musique de trois fois rien, me disait-il quand j'ai commencé moi aussi à aimer la poésie, cette chanson parlée, quel attrait ! À la fin du spectacle, il se faufile jusqu'à Jules Berthier. Laissez ma fille tranquille, le rembarre celui-ci. Mais madame Berthier le rattrape, et murmure d'une voix douloureuse : nous ne savons pas où elle est, elle a quitté la clinique. Si vous avez des nouvelles d'elle, je vous en prie, faites-le-moi savoir, et elle lui glisse l'adresse d'une clinique de Hambourg, au cas où quelqu'un lui ferait parvenir son courrier, vous comprenez. Jean promet. Il raconte cela à table le samedi suivant. Je la plains, dit Amélie, avoir un mari qui parle aux Boches ! Et se tournant vers Paul : tu te souviens de Béatrice Berthier ? Vous étiez enfants d'honneur ensemble au mariage de Marguerite Lelièvre.

4

Ils étaient vêtus de blanc, ceints d'un gros ruban de velours grenat. Ils avaient fait la quête et Amélie les voit encore de dos, fléchissant maladroitement un genou pour déposer leur timbale au pied de l'autel. Dix et huit ans. Lucie aurait eu quatorze ans. Ensuite, les Berthier avaient passé l'été à Veulettes et la petite était tout le temps fourrée chez eux. Paul et elle ne se quittaient pas. Cela la faisait sourire, son fils Paul, si timide ! Elle avait taillé dans un vieux jupon un déguisement de princesse polonaise pour qu'ils puissent jouer à Taras Boulba. Amélie a vu une émotion troubler le visage de son fils au nom de Béatrice Berthier. Ce serait un merveilleux parti, si seulement son père n'était pas tant compromis avec les Allemands. Mais Paul ne répond pas à sa question et elle n'insiste pas, elle respecte son silence, comme nous l'avons nous aussi respecté, ma sœur et moi, non, pas respecté, mais subi, mais haï.

À son retour de captivité, votre père s'est tu pendant quatre mois, déclarait Amélie, comme si elle énonçait un exploit. Et c'est Patureau qui l'a fait sortir de son silence. Amélie aimait beaucoup Patureau. De sa fenêtre, elle a vu un jeune homme entrer dans le parc. Elle est allée vers lui : ah ! vous êtes le neveu de Barillot ? (Barillot était le passeur de La Bouille. Il y avait un passeur à La Bouille quand j'étais petit, on descendait au fond du jardin sonner la cloche et il venait en barque de l'autre rive pour nous faire traverser la Seine. Personne n'a pris la suite à sa mort, il faut maintenant attendre le bac.) Vous savez, il est très marqué, l'avertit-elle. Elle l'introduit dans le salon où Paul attend on ne sait quoi, debout devant la baie vitrée, mon chéri, un ami est venu te voir. Paul se retourne. Et vous savez comment il l'a accueilli ? racontait Amélie, il lui a serré la main en disant : Patureau, quel bon vent vous amène ? Lui qui n'avait pas desserré les dents depuis quatre mois ! Lui qui n'avait jamais eu le sens de l'humour ! Elle riait en nous rappelant ce que nous savions par cœur mais sur le moment, elle avait pleuré, l'oreille collée à la porte, entendant la voix de son fils questionner Patureau qui cherchait à se faire embaucher à l'usine, avec l'aisance d'un futur patron.

Quand Patureau s'en alla, mon père avait retrouvé le langage pratique, le langage abstrait aussi. Le reste du langage, celui des sentiments, ne revint jamais, du moins en ma présence. Je l'entendis parfois manifester de la considération envers ses ouvriers, et il me sembla voir une fois ses yeux se mouiller quand la moitié de ses contremaîtres le quittèrent pour aller à Cléon. Amélie disait que la guerre avait abîmé son cœur, mais, à l'époque, je n'en étais pas sûr, maintenant non plus d'ailleurs. Quand il se taisait des jours durant à la maison, sauf pour nous ordonner de nous taire nous aussi, je sentais que ce qu'il ne supportait pas, ce n'était pas la guerre, mais la vie, et surtout la promesse de vie que nous représentions, ma sœur Véronique et moi. J'étais même à deux doigts de penser que la guerre avait dû être pour lui une occasion de manifester sa détestation. Son visage fermé comme une porte et sa sèche autorité ne pouvaient me le faire imaginer en victime.

Un jour, j'ai fait l'expérience de l'impossibilité de parler. Et cette expérience m'a permis d'approcher le mutisme dans lequel mon père plongeait si souvent à la maison durant des jours et des jours (uniquement à la maison et pas à l'usine, ni plus tard dans ses fonctions à la Cotoma, ni même dans la maison médicale où il termina ses jours, manifestant au contraire son plaisir à parler aux infirmières et même de la galanterie). Quand j'ai rencontré Sabine, je me suis trouvé incapable de dire *je t'aime* ou seulement *mon amour* à Aurélia, alors que je le lui avais dit et redit des années durant avec tendresse, avec élan, avec la plus grande sincérité. Je venais de retrouver toute la violence de ce mot *amour* et je ne pouvais plus le dire à celle à qui il était destiné par la force de l'habitude. Les mots *je t'aime* ne sortaient physiquement plus, alors que mon appareil phonique était en parfait état et que je voulais le dire, non pour mentir mais parce que je l'aimais encore, parce que je voulais lui faire plaisir, et pour préserver aussi ma vie secrète où allait mon nouvel amour. Tout le monde a fait cette expérience : comme on ne peut pas se forcer à dire je t'aime. Le mot vient aux lèvres, il nous traverse et nous échappe. Ainsi l'étendue du langage pour mon père, à notre égard tout du moins, était coextensive à celle de ce mot : je t'aime. Il ne parlait pas parce qu'il n'aimait pas. Et c'était nous qu'il n'aimait pas, pensions-nous.

Quand je lis de l'Apollinaire, chaque vers me semble dire je t'aime. Pas simplement à Lou ou à

Marie, mais au monde, à la Seine, au Rhin, aux arbres, aux étoiles, aux villes, à la guerre, aux morts, aux vivants, aux douleurs comme aux joies.

5

Un mois après que la parole est revenue.

Le feu flambe. Les frères sirotent en silence un verre de cognac. Jean : tu te souviens de madame Grospiron (leur logeuse à Paris pendant qu'ils étaient à l'École des sciences politiques) qui n'arrivait pas à laver nos chemises suffisamment vite ? Il fallait les remettre encore humides. Paul : toi surtout, qui sortais tous les soirs. Ils sourient. Silence. Jean se lance : pourquoi ne nous dis-tu rien de ta captivité ? Maman et moi, cela nous intéresse. On a tellement pensé à toi. On est si fier de toi ! Paul : je ne vois pas pourquoi. Silence. Bruit du feu. Ils boivent une petite gorgée. Le ton a été si tranchant que Jean change de sujet : les affaires vont reprendre quand les Allemands ne seront plus là. Tu sais que je ne veux pas de l'usine. Mais toi ? Paul revoit son père assis au grand bureau à pattes rococo dont le feuillage sculpté le fascinait enfant, son costume de drap sombre, les tableaux au mur de la salle du conseil d'administration, leurs ancêtres depuis le fondateur Honoré, cadet rentrant de la campagne polonaise de Napoléon, dépourvu de travail, dont l'histoire m'a été pieusement transmise par Amélie. Honoré s'était joint aux domestiques de son frère aîné qui, pour gagner trois sous supplémentaires, débourraient le coton pour le compte d'un négociant de Rouen. Il avait épousé la fille dudit négociant, acheté une première petite fabrique à Malaunay, et, avec l'aide de sa femme et d'un seul contremaître (et de quatre-vingt-dix ouvriers), travaillant de cinq heures du matin à dix heures du soir, posé les bases de la fortune Deslorgeux. Il avait quatre mille broches en 1830, onze mille en 1860, fut maire du Houlme pendant vingt ans, fit construire la nouvelle mairie dans son jardin. Il eut onze enfants, élevés dans les paniers à bobines, les poussières de coton et de charbon. Quatre seulement dépassèrent douze ans, dont Edmond et Ernest qui prirent sa suite. Honoré était peint dans toute sa gloire de surhomme à rouflaquettes. Venait ensuite le portrait d'Edmond et Ernest aux bons visages de Normands, tous deux à barbichette et se tenant compagnie dans le même cadre, puis celui de Jacques, carré, autoritaire, et enfin Maurice son père, dont le portrait était posthume, commandé par Jacques et peint par Vuillard d'après plusieurs photos, sans conteste le meilleur tableau, que Jean ne connaissait pas car il était déjà à Paris quand son grand-père le commanda, car il n'apprendra que plus tard que c'était un Vuillard et car il ne mettait jamais les pieds au Houlme après qu'Amélie, veuve, avait déménagé la famille à Rouen. Paul, lui, avait accroché le tableau avec son grand-père, et c'est une scène que j'aurais bien aimé voir, le grand-père et le petit-fils accrochant le portrait du père, et se reculant pour juger de l'effet, et peut-être échanger un mot sur cet homme maintenant mort et qui leur était à la fois consubstantiel et étranger, et le grand-père, adouci par l'âge ou peut-être par la mort prématurée de son fils, lui disant : tu es un bon enfant, je suis sûr que tu seras un bon patron, comme si l'un et l'autre avaient tiré un trait sur Jean, sur ses discours artistes et ses goûts modernes, sur cette dureté aussi qui faisait que, de père en fils, on se traitait de raté. C'est une belle richesse : filage, tissage, cinquante hectares de *sheds*, avec dix mille broches à filer, à tordre et retordre, roue hydraulique, chaudière à charbon, à diesel, avec bobines et échevettes, bassins de trempage et d'apprêt. Les tissages sont fermés depuis le début de l'Occupation, victimes de la politique de concentration des usines, il faudra les rouvrir pour produire à nouveau la popeline, la merveilleuse popeline dont Jacques avait fait l'emblème de la qualité Deslorgeux. Petit, Paul s'asseyait dans les wagonnets pour jouer, les ouvrières riaient et l'appelaient monsieur Paul. Elles auraient été bien surprises de savoir que son père disait de lui : tu es raté (non pas tu es un raté, mais tu es raté, c'est-à-dire, je t'ai raté). Le qualificatif restait en famille, on se le transmettait avec le capital, il fallait que l'enfant ne soit pas à la hauteur de l'héritage, du père, le père décidait de faire des ratés. Quand ce fut au tour de Paul, mon père, de porter le qualificatif, la conjoncture lui donna une envergure écrasante. Mais la défaite, la captivité, la chute vertigineuse du textile, les prémices du Marché commun, Taiwan et la Chine populaire, *and last but not least*, le fait d'avoir un fils gauchiste, tous ces événements, ces ratages en ce qui nous concernait, avaient beau être collectifs, historiques, ils ne purent atténuer la conviction intime de mon père que son ratage à lui était de n'avoir pas su s'évader quand il aurait fallu le faire, à Kaysersberg. À cause de ce manque de sens de l'opportunité, de cette incapacité à réagir, à prendre vivement et fermement une décision, il appartenait à la partie de l'humanité destinée à être éliminée, celle qui succombe sous le poids des organisations quelles qu'elles soient, dans son cas celle des PG, des usines obsolètes, du coton dépassé, du fil cardé, des poignets à boutons de manchettes, des nappes en damassé, des corporatismes patronaux comme ouvriers. Je suis sûr que tu feras un bon patron, reprend Jean après avoir respecté le silence de son frère qui est pour le moment bien loin de ces considérations. Je n'y connais rien, répond-il. Nous pourrons garder Picquart, le temps que tu apprennes. Je te donnerai mes voix, tu auras les mains libres. Du temps de Maurice, il y avait eu deux ans de fronde de la part de ses sœurs cornaquées par leurs époux contre la décision d'absorber une teinturerie en faillite pour améliorer encore la qualité de la popeline, les trois gendres en tenant pour la fabrication de fibranne et donc l'acquisition de nouvelles machines. Si on les avait écoutés, les tissages n'auraient pas fermé pendant la guerre, diraient-ils plus tard, car la concentration donna la prime à ceux qui avaient des machines capables de tisser les succédanés, le fil fait avec du papier, et ces usines-là, incontestablement, prirent de l'avance, même si, en 1970, toutes avaient fermé. Je vais réfléchir, dit Paul. Mais il sait déjà que l'affaire est conclue. La vie le pousse dans le dos, il n'a pas le choix. Jean déplie ses grandes jambes, remet une bûche dans le feu, détendu par la sensation du devoir accompli. Les frères sont des héritiers, ils ont une responsabilité : maintenir le travail de quatre générations, responsabilité d'au-

106

tant plus grande que la France est effondrée. Et si Jean ne veut pas s'occuper de l'affaire, il n'a pas non plus envie qu'elle s'arrête, que le patrimoine, que les dividendes s'évaporent. Et toi, demande Paul, que feras-tu quand Louis rentrera ? J'irai à Paris. J'ai fait la connaissance d'un peintre auprès de qui je voudrais travailler, s'il veut bien. Paul acquiesce en silence. Il était venu voir les tableaux de son frère à La Grande Chaumière, et avait été très surpris de leur abstraction. Il n'avait osé en dire un mot, craignant de passer pour un ignare, insensible à ce qu'il voyait mais plein d'admiration. Silence. Une pluie nocturne crépite doucement sur la baie d'où, le jour, on a une si belle vue sur la Seine. C'est, somme toute, une bonne soirée entre frères, qui s'essaient à parler en l'absence de leur mère, à regarder leur vie. Nouvelle gorgée de cognac, cette fois c'est Paul qui change de sujet, avec un certain courage car son cœur, à prononcer ce nom, s'affole : as-tu des nouvelles de Béatrice Berthier ? Les voilà instantanément sur leurs gardes comme des chiens qui se flairent. – Non, elle ne m'a pas répondu, elle se cache sans doute. – Pourquoi ? – Elle est socialiste. – Socialiste ? Socialiste, la petite fille qui tenait avec lui la traîne de la mariée, à qui il volait des baisers en jouant à Taras Boulba et qu'il avait revue de loin en loin aux goûters, aux dîners de chasse, toujours gêné de ce qui s'était passé entre eux ? Les gens qui se réunissaient à Sainte-Edwige étaient socialistes, les SS les arrêtaient. Peut-être que Béatrice a été arrêtée ? Elle faisait du théâtre avec nous, dit Jean. – Ah bon ? – Oui, elle a joué dans une pièce de Gide. – Ah bon ? Sa voix a déraillé vers les aigus. Pendant qu'il était prisonnier, Béatrice a fait du théâtre avec son frère... son cœur lui fait mal... ils se sont déguisés ensemble, ont été applaudis ensemble, et lui... et lui... la douleur le prend en écharpe, quoi... lui quoi ?... pas Rawa Ruska. Ils n'ont pas le droit d'avoir fait des choses en son absence, ce n'est pas possible que la vie ne se soit pas arrêtée pendant qu'il n'était pas là.

6

Le dernier jour du mois, monsieur Picquart se présente à Sahurs et fait à madame veuve Deslorgeux, maintenant flanquée de son fils Paul, le compte rendu de l'activité de l'usine. Le recrutement de monsieur Picquart a été le dernier acte d'autorité de Jacques, après la mort de son fils Maurice, en 1936, des suites des grèves, comme l'affirmait Amélie. Il n'avait pas résisté à ce que les ouvrières hissent le drapeau rouge sur le porche de l'usine et lui interdisent l'entrée des ateliers. Monsieur Picquart n'a pas grand-chose à dire. Les activités sont très ralenties, les stocks épuisés, les bateaux n'arrivent plus, une partie des ouvriers est en Allemagne engagée dans le STO, ou requise pour la construction du mur de l'Atlantique. Celle qui reste – les femmes – est en chômage technique, la filature tourne trois jours par semaine, les ateliers de tissage, eux, sont à l'arrêt. Il n'a pas été question de fournir les Allemands. Amélie a tenu à recevoir elle-même le comité d'organisation pour affirmer sa position. Et elle se fait bien confirmer chaque fois que pas un gramme de fil n'est parti chez les Boches. Monsieur Picquart le lui confirme mais il ne lui précise pas que vendre du fil à Untel ou Untel ne signifie pas ne pas fournir les Allemands, car, si les usines Deslorgeux ne sont pas classées Rüstung[1], celles qui le sont sous-traitent auprès des autres, leur apportant un travail indispensable. Paul écoute avec attention, le visage sévère. Il voudrait aller s'installer au Houlme mais Amélie le convainc d'y renoncer. Les Allemands sont de plus en plus nerveux. Sa situation n'est pas en règle et ceux-ci auraient vite fait de le renvoyer en Allemagne. Elle l'empêche de sortir, l'oblige à se cacher dans la cabane à outils quand ils sonnent à la porte, pour réquisitionner les postes de TSF, par exemple. Qu'il patiente ! Il n'y en a plus pour longtemps. Les rumeurs de débarquement se font de plus en plus insistantes, tous deux écoutent en secret Radio Londres sur un poste qu'elle n'a pas donné, caché dans son cabinet de toilette.

---

1. Usines ayant obligation de fournir l'armée allemande.

7

Quand, en avril 44, les bombardements alliés deviennent des massacres, Jean propose à ce qui reste des Étudiants Associés de venir s'installer à Sahurs. Duparc et Bernon, Mabé et Jacqueline arrivent les premiers, enchantés de cette colonie de vacances improvisée. Reste le cas de Babette, si malheureuse de l'avoir vu attendre Béatrice à la sortie de son école. Je ne peux tout de même pas l'exclure, se dit Jean. D'autant qu'elle s'est si bien comportée pendant les répétitions de la soirée Apollinaire, semblant avoir pris son parti de n'être pas aimée, récitant avec une grâce sans pareille vous y dansiez petite fille y danserez-vous mère-grand c'est la maclotte qui sautille quand donc reviendrez-vous Marie. Jean parlemente avec les parents de Babette. Vous êtes trop bon, monsieur, dit le père. Au fond de lui, il trouve que ça ne se fait pas qu'une fille dorme dans une maison où il y a des garçons célibataires. On ne sait jamais, une bêtise est vite arrivée.

Brenner, depuis Souppes-sur-Loing où il se cache toujours du STO, leur a suggéré de profiter de l'occasion pour monter *Le Triomphe de l'amour.* La pièce, leur écrit-il, a le même sujet que *Le Treizième Arbre* : des gens qui ignorent leur sexe. Bernon éclate de rire : il ne pense qu'à ça ! C'est fou ce qu'ils vont rire à Sahurs en attendant la libération de Rouen. Comme il manque un acteur, on demande à Paul de jouer le jardinier. Il refuse. Jean propose le rôle à Patureau, qui habite en face, à La Bouille, depuis les bombardements. On l'auditionne. Il récite dans l'hilarité générale « Le vase brisé ». Il ne se vexe pas et on l'adoube, lui qui regardait vivre avec envie depuis la barque de son oncle ces fils de patron. Fin mai, un nouveau bombardement embrase Rouen pendant cinq jours et cinq nuits. La fumée des incendies dérive vers Sahurs. Le téléphone ne fonctionne plus. La petite troupe répète. Que faire de mieux ? Amélie a un peu honte de ces jeunes gens qui font résonner la maison de leur gaieté au lieu d'aider aux secours, au déblaiement. Babette est la plus gaie. Elle voit Jean chaque jour, elle dort chaque nuit dans une chambre au-dessous de la sienne. Elle profite de lui, de la maison, de la Seine, du groupe d'amis, des répétitions, de tout ce qui fait la vie désirable et dont elle a l'impression d'être privée quand elle n'est pas avec Jean.

La nouvelle du débarquement éclate comme un coup de tonnerre. Si près, mon Dieu, si près, on croyait que ce serait dans le Nord et ils ont débarqué là où sont nos maisons d'été. On a toujours su que ça finirait mais l'Occupation dure depuis si longtemps, on s'est habitué. Les bombardements accompagnent l'avancée des Alliés. De la hauteur vertigineuse depuis laquelle ils lâchent leurs bombes, Sahurs pourrait se trouver dans le champ de tir. Plus ils ont peur, plus ils rient et jettent leur jeunesse en barrage contre le sort. Ils diront plus tard (Jacqueline, Mabé, Duparc et Bernon) que ç'aura été le plus beau moment de leur vie.

8

Paul n'a pas vu d'un bon œil l'arrivée des Étudiants Associés. Il se sent mis à l'écart, oubliant qu'il a lui-même refusé de jouer. Bien sûr, ils lui ont proposé le rôle du jardinier, ce n'est pas à lui qu'on aurait pensé pour le jeune premier ! Il a conscience de sa mauvaise foi car il a lu la pièce et sait que le jardinier est merveilleux de malice et de légèreté tandis que le jeune premier mortellement plat. Il ne peut s'empêcher d'assister aux répétitions, et, voyant les regards enamourés que Babette et Jacqueline jettent à Jean, il souffre à l'idée que Béatrice Berthier a elle aussi subi son charme. Elles sont belles, ces filles, elles le font penser à Greta. Patureau s'est mis au diapason de leur gaieté, et Paul s'en estime trahi. Il a été engagé à l'usine grâce à lui, il devrait être de son côté ! Les autres font les zouaves, les zazous

114

comme ils disent, lui ne peut pas, lui ne sait pas, comme lorsque, après la mort de leur père, Jean s'était mis à parler à table avec leur mère de ses poètes et de ses peintres – vous voyez, maman, expliquait-il, les cubistes nous ont libérés d'une perspective unique, c'est si difficile de se dégager de la perspective unique –, et que leur mère lui avait donné la réplique, et raconté pour la première fois des choses de son enfance, leur grand-mère qui se balançait dans la gloriette du parc en lisant des romans anglais, les limericks que sa *nanny* lui avait appris, *for want of a nail*[1], et que lui, Paul, ne parvenait pas à trouver le moyen d'entrer dans la conversation.

Un soir, il épie son frère par sa fenêtre ouverte. Oh les fenêtres ouvertes par lesquelles la maison respire la belle nuit calme de juin à Sahurs, tandis que les Américains et les Canadiens poussent les Allemands vers Brest où le carnage sera terrible. Babette a rejoint Jean sous le tilleul. L'odeur de leurs cigarettes monte jusqu'à Paul. Il tend

---

1. *For want of a nail the shoe was lost. / For want of a shoe the horse was lost. / For want of a horse the rider was lost. / For want of a rider the battle was lost. / For want of a battle the kingdom was lost. / And all for the want of a horseshoe nail.* (Faute d'un clou, le fer fut perdu. / Faute d'un fer, le cheval fut perdu. / Faute d'un cheval, le cavalier fut perdu. / Faute d'un cavalier, la bataille fut perdue. / Faute d'une bataille, le royaume fut perdu. / Et tout cela, faute d'un clou de fer à cheval.)

l'oreille mais le couple est discret. C'est surtout Babette qui chuchote. Il y a de longues plages de silence pendant lesquelles Paul imagine qu'ils s'embrassent et le souvenir de Greta le ravage. Babette ne ressemble pas à Greta sauf qu'elles sont chacune une femme, et que les femmes ont quelque chose à offrir qui se fait au lit et dans les grognements, qui vous arrache à vous-même sans que vous le vouliez vraiment. Soudain elle court vers la maison, il l'entend ouvrir la porte du perron. Curieux, il sort de sa chambre et se poste en haut de l'escalier. Les filles dorment à l'étage au-dessous mais il la verra quand elle passera sur le palier. On dirait qu'elle pleure. Babette, murmure-t-il. Elle lève la tête, interloquée. Son visage est mouillé. Venez, venez, il sent le désir, l'impérieux désir, venez, je vous attends. Babette fait un non effrayé de la tête et rentre dans sa chambre.

Pendant ce temps, Jean fait quelques pas le long de la Seine. Babette et Béatrice... les femmes sont devenues exigeantes, pense-t-il tandis que les grenouilles sautent dans l'eau à son passage comme des filles effarouchées... elles veulent des choses, le Conservatoire, le socialisme. Il ne lui semble pas que sa mère ait voulu des choses. Il arrive devant le château des Gramont occupé par les Allemands, il fait prudemment demi-tour, mais il n'a pas envie de rentrer, il se dirige vers la ferme.

Babette est pressée. Elle devine que, une fois la guerre finie, les Étudiants Associés n'existeront plus, et que tout ce qui a été possible, ouvert, grâce au choc de la guerre, s'évanouira. Ce soir elle est sortie de sa prudente réserve, elle a joué son va-tout, encouragée par les félicitations que Jean lui a décernées pendant la répétition, et par l'image que lui a renvoyée son miroir pendant qu'elle se préparait pour le dîner, petite gaine qui serre son ventre, chemisier cintré, jupe à volants coupée dans une nappe de sa mère, éclatante, ravissante. Elle a rejoint Jean sous le tilleul, palpitante, sans brusquerie, avec toute la stratégie dont elle se sent capable. Elle a parlé avenir, Paris, théâtre, peinture (elle s'est renseignée sur Bazaine), mais il n'a pas plus réagi qu'une pierre. Son intelligence s'arrête là : elle ne peut pas comprendre que l'amour ne soit pas réciproque, que si elle aime quelqu'un, ce quelqu'un ne lui en sache pas gré. Jean ne sait pas être aimé, voilà ce qu'elle conclut avec dépit, avec douleur, avec rancœur, en se jetant sur son lit. Et l'autre, tout à l'heure, il avait quelque chose de si grossier sur le visage, égaré et fixe à la fois. Quelqu'un frappe à la porte. Ça doit être l'autre, il est gonflé ! Mais non, c'est Jacqueline qui a dû elle aussi épier par

117

la fenêtre. Babette n'a pas envie d'être consolée ni plainte, surtout par Jacqueline. Elle la met dehors et s'aperçoit qu'elle est déçue, qu'elle aurait bien voulu que ce soit l'autre qui frappe (à défaut de Jean), qui ait le culot de frapper. Elle s'aperçoit aussi qu'elle ne pleure plus. Dommage qu'il soit moche, silencieux et rébarbatif, elle serait humiliée d'être sa femme. Elle va à la fenêtre voir si Jean est encore sous le tilleul. Mais, des fenêtres, on ne voit que la masse des feuilles, et plus loin la Seine si lasse, comme dit son Apollinaire. Personne sur la terrasse. Et si elle montait ? Après tout ? Quelque chose changerait enfin. Elle ne peut se résigner à ce qu'il ne se passe rien, une fois de plus. Ce baiser pas donné, cette étreinte qui n'a pas eu lieu, font sauter les verrous de la prudence. Elle retire ses chaussures et enfile ses mules pour ne pas faire plus de bruit qu'un elfe.

Paul n'a pas menti, il attend, assis sur la dernière marche. Babette ne sait rien de lui, de son cauchemar, de sa captivité, Jean leur a simplement expliqué qu'il avait bénéficié d'un rapatriement sanitaire. Il la prend par la main en silence, il faut être discret, personne ne doit le savoir, comme à Berlin avec Greta, la conduit sur son lit, ne demande pas si elle veut, car si elle est montée, c'est bien qu'elle veut. Mais qu'elle veut quoi ? Elle ne sait rien, Babette, elle pense qu'il va la serrer dans ses bras et l'embrasser. Qu'il va flirter, c'est-à-dire lui murmurer des mots doux, lui faire une déclaration et finalement l'embrasser. Aussi est-elle très surprise de ce qui arrive : Paul l'allonge tout de suite, se met sur elle et l'embrasse goulûment. Sa voracité la prend de court. La pensée qu'elle fout sa vie en l'air la traverse, elle a envie de redescendre à toute vitesse, mais elle n'ose pas, une fausse honte la retient. Et puis il glisse sa main sous sa robe. C'est tellement violent, elle sent un éclair traverser sa chair quand il s'acharne sur la gaine, une sensation extraordinairement forte. Elle ne le sait pas mais c'est à ce moment-là qu'elle jouit. Après, il peut faire ce qu'il veut, ahaner, s'exciter, elle s'en fiche, c'est superfétatoire, d'ailleurs c'est très rapide. Un coup bien placé et elle a perdu sa virginité.

Une bêtise est si vite arrivée, j'ai été conçu cette nuit-là, le 20 juin 1944.

9

Toutes les cloches de toutes les églises carillonnent à toute volée. Les Canadiens sont entrés dans Rouen acclamés par la foule massée sur les trottoirs. Babette, elle, est enfermée dans sa chambre. Elle ne se lève que pour aller aux cabinets dans l'espoir que du rouge colore la cuvette. Mais non, mais rien. La terreur lui brûle les oreilles, la rend sourde aux vivats. Fille-mère. Honte sur elle ! Elle voudrait être morte. Sous chaque réplique, disait Brenner, répète-toi : je suis une résistante. Elle avait bien su se l'imaginer, la résistance d'Elmire contre Tartuffe, son mari et sa belle-mère, une cambrure intérieure, mais à quoi cela lui sert-il à présent ? La vie est bête. Qu'est-ce qu'elle a fait ? Elle est montée dans la chambre, c'est tout ce qu'elle a fait... pousser une porte... Un jour, on monte dans une chambre, et on perd sa vie… Il paraît qu'il y a des femmes qui… On disait à l'école de puériculture que… Du sang, une aiguille… Mon Dieu, mon Dieu… Sainte Vierge, envoyez-moi une fausse couche ou la mort ! Sa mère, inquiète, la tarabuste jusqu'à ce qu'elle fonde en larmes, sauf que le nom du père, non, elle ne veut pas le dire, elle veut dire Jean, Jean, mais on ne peut pas mentir sur le nom d'un père, partir dans la vie avec un mensonge aussi énorme à supporter tous les jours, à faire tenir debout tous les jours. Il n'y a personne pour l'aider, et surtout pas sa mère, qui répète : tu n'y es tout de même pas pour rien ? C'est bien le pire, de savoir qu'on n'y est pas pour rien. Elle a prêté son concours aux circonstances, et les circonstances en ont profité. Les circonstances ont décidé. Madame Brunet ne peut pas ne pas se douter que la chose s'est passée à Sahurs, aussi elle se rend chez Amélie qui pense instantanément que Jean s'est fait avoir, et comme il se récrie, lui demande d'interroger Duparc et Bernon, Patureau n'aurait certainement pas osé. Quant à Paul, elle n'y songe même pas tant son fils lui paraît incapable de s'intéresser aux femmes ou leur plaire.

Salade de plantains ramassés à Sahurs dimanche dernier. L'Église savait ce qu'elle faisait en excommuniant les comédiens, dit Amélie, entre deux bouchées agressives. Des gens qui jouent les sentiments, qui imitent ! Je croyais que vous aimiez le théâtre, s'étonne Paul. Ils mâchent leurs feuilles de plantain. Sur scène, on fait semblant de s'aimer, reprend Amélie, on fait semblant sur scène mais dans la vie ce qui est fait est fait, ce qui est dit est dit. Babette est enceinte, laisse tomber Jean pour éclairer son frère. Le visage de Paul s'empourpre violemment. Ils arrêtent de mâcher. C'est toi ! dit Jean. C'est toi ! Paul est trop ému pour ouvrir la bouche. C'est toi ? insiste Amélie. Je ne sais pas... Comment, tu ne sais pas ? éclate Amélie. Ne fais pas l'innocent ! As-tu... Amélie cherche ses mots, elle n'a jamais dit cela, elle n'a pas de vocabulaire pour cela... as-tu couché avec elle ? Une fois, avoue Paul, rouge de confusion. Félicitations ! Que comptes-tu faire ? Je... Je...eh bien, je vais l'épouser, naturellement. Permettez-moi..., murmure Paul en quittant la table. Mon Dieu ! soupire Amélie. Seul commentaire. La mère et le fils expédient la salade et les dernières prunes de la saison. Mon père est allé demander à monsieur et madame Brunet la main de leur fille qui la lui ont accordée. Babette est dans sa chambre, si vous voulez..., dit madame Brunet en lui indiquant l'escalier. Paul monte. Il remarque le visage labouré de pleurs mais aussi modifié, arrondi, les seins gonflant le chandail, le regard qui hésite entre l'hostilité et la curiosité, l'envie tout de même de lire quelque chose dans les yeux de l'autre, de l'amour peut-être. Ce qui est fait est fait, ce qui est dit est dit : quinze jours après, elle remonte l'allée centrale de l'église de Sahurs au bras de Paul. Elle croit que tous voient sa honte, tous me voient.

Où sont les ors de la scène, les émois de Sylvia, le rire de Toinette, la légèreté d'Isabelle. Pas que ça, pas que ça. Où est le désir dans cette assemblée bizarre qui se retrouve sous le tilleul jaunissant, avec Berthe et ses enfants qui servent du ponche ? Et Jean qui boit trop, qui prend sur ses genoux la plus jeune des filles de Berthe enceinte chaque année. Elle est si petite, elle n'a pas de système nerveux. On peut l'opérer sans l'anesthésier, cette toute petite. Un tic est venu à Babette avec la grossesse, qui ne la quittera plus : elle ferme les yeux, une seconde, deux secondes parfois. Cela me faisait si peur, enfant, ses paupières qui se baissaient doucement, sans raison, en plein jour, comme se pressant l'une sur l'autre. Je craignais qu'elles ne se relèvent jamais. Le soir, au Grand Hôtel de Rouen où Amélie a loué la suite nuptiale pour son fils et sa belle-fille, pas question d'aller à Venise ou Saint-Moritz en cette fin de guerre, Paul se jure de rendre heureuse cette femme qu'il ne connaît pas. Et les voilà tous les deux à devoir se mettre dans le même lit, dans la même vie, dans l'intimité l'un de l'autre. Paul s'avance timidement. Il ne faut pas me toucher, lui dit-elle, c'est mauvais pour le bébé. Elle le croit peut-être. Lui, c'est sûr, il le croit.

10

Me voici. Je suis né. Je suis là. Guillaume Deslorgeux. Vais-je compter parmi les hommes ? J'ai failli ne pas durer, comme si j'avais eu l'instinct de faire demi-tour à peine entré. Bien qu'elle n'ait pas eu le temps de se fiancer, ma mère a une très belle bague de fiançailles, un diamant serti d'émeraudes. Huit mois après ma naissance, alors qu'elle a enlevé sa bague pour me changer, je l'ai attrapée et je l'ai avalée. Elle est restée coincée dans mon gosier et j'ai été à deux doigts de mourir étouffé, sauvé par la présence d'esprit d'une domestique qui m'a pris par les pieds et secoué jusqu'à ce que la bague tombe. Je vais vivre.

De ma petite enfance, je n'ai aucun souvenir. Il faut attendre sept ans, âge où je suis en droit de m'asseoir à mon tour dans la salle à manger du Houlme, pour qu'apparaissent les premières images. Si je vois moins bien les scènes dans lesquelles je figure que les autres, la vision des lieux reste vive, claire, précise. Les murs sont peints de couleur chocolat, la table est très grande, entourée de douze chaises tapissées de velours rouge. Un énorme lustre de deux globes jette une lumière verte. Personne ne parle. Mes pieds gigotent sous la table, les morceaux de viande tombent de ma fourchette. J'ai froid comme mon père et mon oncle ont eu froid petits, comme mon grand-père et ses nombreux frères et sœurs ont eu froid petits. Dans ma famille, on partage le goût d'endurcir les enfants. Pendant un an, je prends mes repas seul avec mes parents, ma sœur Véronique, née un an après moi, les prend dans la cuisine avec la bonne. Nous resterons jusqu'au bout quatre autour d'une table faite pour douze personnes, dix-huit avec ses trois rallonges et les six chaises alignées le long des murs.

La maison est dans le parc de l'usine, en face de l'atelier de tissage. Le bruit épargne les pièces qui donnent sur l'arrière, c'est-à-dire la cuisine, l'office, le cellier, le bureau de maman et trois chambres à l'étage. Le salon, la salle à manger et les trois plus grandes chambres résonnent de six heures du matin à six heures du soir du choc des navettes contre le cadre des métiers. Les ouvriers, surtout des ouvrières, sont presque deux cents. Le matin, quand je pars pour l'école, ils arrivent à bicyclette. Leur foule m'impressionne.

Des camions se croisent dans la cour, ils chargent, ils déchargent. J'aime assister à l'ouverture des balles de coton qui gonfle quand on coupe les ficelles de l'emballage. Il faut le laisser au repos, étalé dans un hangar. J'aime aussi voir grossir les bobines à toute vitesse, admirer les ouvrières qui règnent sur leur banc de broches, et plus encore regarder le tissu augmenter comme magiquement sur le métier et disparaître dans la machine qui le recueille pour lui accorder d'autres soins. Mais ces ateliers me sont interdits et quand mon père me surprend, il me chasse.

Ma mère aussi me chasse. Elle lit. Elle ne lit pas Taras Boulba, ni les romans anglais, elle lit Freud.

Le dimanche, nous allons déjeuner à Rouen. Grand-mère et Jean habitent chacun un étage dans la maison de la rue Jeanne-d'Arc. Grand-mère fait des gâteaux, raconte des histoires. Jean nous a acheté à chacun une boîte de peinture et il nous apprend à dessiner. Il nous demande souvent notre avis et nous n'en revenons pas. Je voudrais que mes parents soient grand-mère et Jean. Au Houlme, tout est sombre. Les dîners baignent dans le silence tragique de l'arrêt des métiers, je

peuple mon ennui en imaginant des fantômes
assis sur les huit chaises vides. À midi, juste en
face, il y a tant de bruit dans l'usine, tant de gens
qui paraissent plus heureux que nous.

11

Avec le temps, les métiers se taisent à midi aussi parce que mon père met les ouvriers en chômage technique. Grand-mère nous explique que l'usine ne tiendra pas le coup, la libération des échanges nous tuera, c'est la faute des hommes politiques. Pourtant ce ne fut pas tout de suite la chute. L'immédiat après-guerre nous réussit. Il y a beaucoup de camions dans la cour pour expédier la popeline qui sort à nouveau des ateliers Deslorgeux, la popeline de coton, mais aussi cette merveille que nous sommes les derniers à tisser, la popeline de laine et de soie (que nous produirons jusqu'à la fin, fournissant la haute couture), mais aussi le zéphyr, si agréable à porter dans la moiteur de nos colonies, comme le dit notre catalogue, et dont des cousins établis en Indochine écoulent la production.

Juste après guerre, sur les conseils de Picquart, mon père est allé aux États-Unis s'informer des méthodes nouvelles. Il est revenu avec un tee-shirt. Les Français avaient vu sur les soldats américains cet article devenu un vêtement civil très répandu, que les Américains avaient adopté maintenant pour faire du sport, mais aussi chez eux le week-end. Forme sommaire, pas de boutons. Vite fait, pas cher. Mon père ne voit-il pas l'avenir possible de ce produit ? Non, la France s'habille encore. N'est pas prête à s'exhiber en sous-vêtements. Au contraire, il met en route la construction d'une nouvelle unité de tissage aux métiers plus modernes de façon à diminuer les coûts de production, ce qui signifie réduire les heures de travail et augmenter les cadences. Mais à quoi sert d'augmenter les cadences quand le stock ne s'écoule pas ? Quand les rouleaux et les rouleaux de popeline à chaîne serrée attendent à l'ombre d'un hangar d'être transformés en chemises à col anglais et boutons de manchettes ?

Aujourd'hui, je comprends que nous vivions à contretemps : nous étions contre la société de consommation, pour la bonne et simple raison qu'une chemise ne se consomme pas. Elle se porte, se soigne, se garde, s'amortit. On retourne son col et ses poignets. Qu'elle coûte cher se justifie, car elle durera longtemps. Il faut que le tissu vieillisse bien, qu'il s'adoucisse en étant porté et lavé, qu'il supporte d'être blanchi, empesé. Nous n'avons jamais introduit la fibre synthétique, même mélangée aux fibres naturelles parce que les tissus mélangés de fibres synthétiques, qui sont plus pratiques, plus vite secs, plus faciles à repasser, plus résistants, moins chers, vieillissent moins bien que les tissus de fibre naturelle. La popeline ne grise pas, ne bouloche pas, ne se griffe pas. Au contraire, plus elle est portée, plus elle est belle, souple et douce. Nous n'avons jamais lâché sur ce principe : l'usage, la valeur ajoutée de l'usage et de l'usure. Mon père a vu fleurir les tee-shirts, les habits achetés-jetés comme une dégradation de la condition humaine. Derrière sa condamnation, j'ai longtemps cru qu'il n'y avait qu'une incapacité à évoluer, une rigidité qui faisait de toute innovation une trahison à la tradition de la maison Deslorgeux, et au-delà à la tradition française. C'était vrai. Il y avait cela. Mais maintenant que j'ai soixante-deux ans, je voudrais bien vieillir comme une chemise Deslorgeux…

12

Nous étions habillés, Véronique et moi, de vêtements qu'une couturière nous rallongeait, de soufflets qu'elle lâchait. Amélie portait des tailleurs coupés par cette même couturière, la meilleure de Rouen, tailleurs à l'allure éternellement semblable, d'un chic indémodable, disait-elle. Seule, ma mère allait faire ses courses à Paris. Elle revenait avec de grands sacs Chanel, et, ces jours-là, nous savions qu'elle serait différente. Elle nous admettait dans sa chambre où nous la regardions avec admiration, ma sœur et moi, essayer ses robes, faire claquer les talons de ses chaussures neuves sur le parquet. Maman aimait ses vêtements, les chérissait, mais elle s'en lassait vite, se détournait d'eux. Devant son miroir, elle prenait la pose avec un air hautain, hors de sa chambre, son visage était triste et absent, même rue Jeanne-d'Arc où les repas étaient pourtant plus gais qu'au Houlme, excepté les jours où mon père se lançait dans les imitations de Fernand Raynaud, les seules fois où il parlait de sa captivité. Cela avait commencé avec l'oie, un jour où il y en avait eu au menu, et puis il y avait eu *Tom Mix*, et puis la séparation d'avec son camarade au milieu de la lande de Rawa Ruska. Il faut rentrer avant l'appel, il faut rentrer avant l'appel, répétait-il à chaque fin de phrase comme Fernand Raynaud répète *avec des croissants* après chacune de ses commandes. Il riait par secousses, pris de fou rire, pendant que chacun se taisait en attendant que ça finisse. Peut-être que, à force de rire, il sentait venir les larmes, les sanglots. Mais il s'est toujours retenu à temps.

À Veulettes, où nous passions nos vacances, maman, seule dans son cas, portait des maillots de bain deux pièces. Elle bronzait l'après-midi, allongée sur la plage à l'abri d'un paravent, malgré les remarques acerbes de grand-mère. Son don au soleil, son maillot de bain, ses jambes nues m'intimidaient. Des hommes sifflaient ou klaxonnaient dans les rues quand nous rentrions de la plage. Oh la pin-up, disaient certains. Elle nous pressait en silence. J'aurais voulu qu'elle se couvre, c'est tellement con, un enfant.

À genoux derrière elle, j'avais pour tâche de lui enduire le dos de crème solaire. Je m'exécutais avec gêne et amour, cachant mon émotion derrière mon application, faisant attention à ne pas laisser le sable voler sur sa peau, ou à ne pas poser par inadvertance mes propres mains sur le sable. Un jour, mon père est avec nous, ce qui est rare, mon père n'aime pas les vacances et reste d'ordinaire au Houlme. Il est assis sur une serviette et il enfonce ses pieds dans le sable pour cacher ses ongles noirs. Je viens de reboucher le tube quand j'entends, stupéfait : Paul, voulez-vous que Guillaume vous mette de la crème dans le dos ? Mon père ne répond pas, et ma mère, sans insister, s'allonge sur le ventre en soupirant. Je l'ai échappé belle. Si mon père avait accepté, auraient-ils pu me forcer l'un et l'autre à simuler, me demandent-ils de leur faire croire que je vais très bien, très très bien, que je n'ai pas de système nerveux et que, par conséquent, je peux passer de la crème solaire sur le dos de mon père, geste tendre, geste doux, geste pour le moins appliqué et respectueux, alors que quelque chose déborde de son corps qui me démolit dès que j'approche ? Ma mère a laissé sa peau à ses enfants, distraitement mais l'a laissée, peut-être comme une dépouille, mais l'a laissée, et c'est pour ça que notre famille, tout de même, a existé, parce qu'elle nous a laissé sa peau, nous soignant, nous habillant, rectifiant une mèche de cheveux, distraitement mais le faisant. Mon père, rien, ni son âme ni sa peau, les pieds fouillant le sable, le dos voûté et la peau cuisant directement sous le soleil pendant que son usine se casse la gueule et qu'à Kaysersberg, toujours à Kaysersberg, il voit le rideau d'arbres comme une barrière, comme un barrage. Et en plus, il traîne des témoins, une femme et des gosses. On a intérêt à disparaître. Je les laisse, je vais nager dans la mer froide. M'éloignant du bord, je pense à mon radeau, la nuit je transforme mon lit en radeau, et je descends les fleuves que j'ai repérés sur ma mappemonde, le Mississippi, l'Amazone, le Gange. J'adore la géographie, comme j'adore la chorale, comme j'adore les scouts. C'est dur d'être à Veulettes, privé de chorale et de scouts. À la fin de sa vie, quand mon père a été malade, et que sa maladie m'a permis de passer à mes propres yeux du statut de fils raté à celui de bon fils, j'ai profité de sa faiblesse pour lui prendre le bras, simplement lui prendre le bras, et je l'ai senti se raidir instantanément. Alors que les infirmières qui se penchaient à son oreille pour lui murmurer des choses le faisaient sourire.

J'avais dix ans quand Béatrice Berthier est venue déjeuner rue Jeanne-d'Arc. Elle revenait plusieurs années après l'exécution (assassinat ?)

de son père. J'ai du mal aujourd'hui à retrouver son visage d'alors mais je me souviens d'avoir aimé sa voix, sa présence, d'en avoir ressenti immédiatement une joie merveilleuse. Béatrice Berthier est mon premier amour. Elle explique avec simplicité qu'elle a épousé un Allemand de la Résistance. Elle demande à maman si elle fait toujours du théâtre et comme maman répond non, elle dit : quel dommage, vous étiez si douée. Maman a souri et est passée à autre chose. Je savais ce qu'était le théâtre. Nous étions allés voir *Le Malade imaginaire* au Théâtre-Français. Le rire, les lumières, les dialogues des acteurs, tout m'avait ébloui : ces gens-là avaient une autre façon d'être, plus vive, plus bavarde. Maintenant que nous parlons tous ou presque, dirai-je que nous avons fait de la vie une scène ? Les ouvriers autrefois n'avaient pas le droit de parler. Dans les ateliers de l'usine, il y avait des cages vitrées d'où les contremaîtres surveillaient leur silence. Les ouvriers ont fini par parler. Avant nous, les enfants. 1936-1968, trente-deux ans, une bonne génération. Tout le monde a fini par parler, sauf mon père. Ce jour-là, après le départ de Béatrice Berthier, je m'enhardis pourtant à questionner ma mère sur sa vie. Pourquoi vous ne jouez plus au théâtre ? Elle me regarde, très belle, hésitante, imaginant peut-être tout ce qu'elle aurait pu raconter si elle avait été sur scène et non en face de son fils de dix ans, et comme elle ne répond pas, Jean le fait à sa place : nous avions une compagnie, ta mère était la jeune première, mais nous avons arrêté après guerre, le metteur en scène est parti pour Paris. Et c'était vrai, Brenner, devenu homme de lettres, vivait à Paris. Jeune première ! Quel mot éclatant ! Chatoyant, inspirant, plein de promesses.

13

Oui, nous vivions à contretemps. Mon père
inaugura une nouvelle unité de tissage, toujours
plus performante, en mai 1953, un an avant la
chute de Dien Bien Phu qui fit perdre à nos cousins leur position à Hanoi. Or nous écoulions
auprès d'eux cinquante pour cent de notre production. Restaient Saigon et Phnom Penh. Mais
le jour où disparurent les barrières douanières
des colonies, nos cousins nous poignardèrent en
allant se fournir auprès des Italiens. Quand ils
rentrèrent en France, Amélie, Jean et Paul s'en-
tendirent pour ne pas les recevoir, et je n'ai pas
encore fait le geste de leur téléphoner. Mon père
ne licencia pas, il augmenta les heures, les jour-
nées de chômage technique. J'entendis pour la
première fois les mots qui deviendraient courants
en 68 : débrayage, lock-outage. Un soir, il ne

passa pas à table. Il resta dans son fauteuil, ne se coucha pas, mit trois jours à retraverser la cour pour se rendre à son bureau. Nous le regardions de loin, Véronique et moi, il nous sembla qu'il avait les yeux mouillés. Nous apprîmes pourquoi en entendant les ouvriers qui battaient le pavé dans la cour : la moitié de ses contremaîtres venaient de le quitter pour la Régie Renault qui s'installait à Cléon, offrant de meilleurs salaires, de meilleures conditions de travail.

Jamais mon père n'admit qu'on puisse un jour ne plus vouloir de la popeline Deslorgeux. Que des milliers de gens préféreraient avoir trente-six chemises différentes, cintrées, cols mao, fleuries, bouffantes. Il fut bien forcé de le constater mais il refusa d'en tirer les conséquences. Il n'admit pas davantage que ce soit désormais le marché qui fasse les prix. Un objet a son prix. Libre aux clients d'avoir la morale de le comprendre. Le bon marché n'est jamais assez bon marché, écrivait-il dans le journal de sa corporation, tout le monde s'en mordra les doigts. Il refusa de vendre à perte contrairement à toutes les entreprises qui fermèrent dans les années soixante. Il ne licencia non plus jamais aucun des ouvriers qui travaillaient pour lui (ceux qui lui restaient), se considérant responsable d'eux. Il ne décida pas de la fermeture, comme la plupart des autres patrons le firent (exemple de la manufacture du

Terroy, fondée en 1903, qui ferma ses portes en 1960 dès qu'elle ne fut plus rentable mais qui, pendant cette période, a remboursé deux fois et demi son capital initial, a distribué chaque année un dividende moyen de cinquante pour cent du capital en valeur-or et dont les actionnaires se sont séparés à l'amiable en se partageant cinq cents millions de francs). Mon père arriva à la faillite avec tout son personnel, ses stocks d'invendus et les poches vides. La nationalisation du canal de Suez signa sa perte car, depuis longtemps, il renflouait les caisses avec les revenus de ses titres. Les frères Willot firent une proposition pour nous racheter, que mon père refusa. Ce fut la liquidation judiciaire. Il n'y a plus d'Établissements Deslorgeux au Houlme. Les hangars, les ateliers, la cheminée, notre maison, tout a été détruit. À la place, une société immobilière a construit une de ces résidences où se loge maintenant la petite bourgeoisie, allée des Acacias, des Rosiers.

C'était fini. Nous étions morts d'avoir voulu vivre au-dessus du temps, persuadés que ce qui a été valait mieux que ce qui sera, que tout changement est synonyme de dégradation. Nous partîmes pour Paris où mon père avait trouvé un poste à la Cotoma. Ma mère, qui avait tellement rêvé de Paris, prit au début mieux la chose que lui. Nous la vîmes, Véronique et moi, s'affairer à l'installation de l'appartement, choisir les couleurs des murs et acheter de nouveaux meubles. Mais quand elle jugea la tâche terminée, elle retourna à son ennui. Moi, j'aimais mon école, j'étais inscrit dans un collège de jésuites, on y faisait de la musique et du théâtre. À ma demande, maman m'acheta une guitare. Quand mon père signait mon carnet scolaire, il est vrai peu brillant, il répétait : tu es raté. Quand je lui ai dit que je voulais arrêter mes études de droit pour faire de la psychosociologie, il a laissé tomber : psychosociologue, quelle ânerie ! Après notre départ à Véronique et moi, ils sont restés seuls, immobiles, rue Nicolo, lui devant la télévision, elle devant son Freud.

III

Non, je ne sombrerai pas. Petit, mon radeau partait vers l'inconnu, il ne descendait pas la Seine qui coulait à deux pas de chez nous que nous soyons à Rouen, à Sahurs et ensuite à Paris, mais les grands fleuves qui m'attendaient, bordés de rives à découvrir, tout sauf normandes. Maintenant, bien sûr, c'est vers les eaux normandes que je dérive. Pourquoi ferais-je exception à la règle ? À partir d'un certain âge, la pente s'inverse. Mais, dans un sens ou dans l'autre, la faculté d'éprouver que mon lit flotte sur l'eau ne m'a jamais quitté, sans doute une preuve de mon sentiment d'insécurité, disais-je à L, je suis un rescapé. Je vais être jeté à l'eau comme les types du radeau de *La Méduse*. Vous nagerez, un des rares mots qu'elle m'ait dits. Je nage, je m'accroche, je remonte sur le radeau. Je me hisse sur son divan, les poumons pleins d'eau, elle ne se débarrassera pas de moi. Huit ans d'analyse. Ça va. Je suis reconnaissant. Je flotte. Soixante-deux ans. Connu deux femmes dans ma vie. Eu un seul enfant, Lorette. Aurai eu trois métiers, dans l'ordre, consultant en organisation (trente ans), acteur (deux ans), musicothérapeute (encore un an de formation). Lorette à l'autre bout du monde m'oublie. 4 h 30. Je dors de moins en moins. D'abord, 1 h - 7 h, puis 1 h - 6 h, puis 2 h - 6 h, puis 2 h et souvent 5 h ou même 4 h 30. Parfois j'ai le courage de me lever, je vais dans la cuisine, fais bouillir de l'eau, la jette sur le sachet de tisane, m'assois devant ma tasse, et bûche sur mes cours, mais le plus souvent je reste allongé, comme ça, les yeux ouverts, dirigés vers le plafond qu'éclaire le voyant de ma Livebox, et je laisse le lit, l'appartement partir à la dérive vers toutes ces scènes familiales que, maniaquement, avec un souci pointu, sourcilleux, je fabrique, j'alimente, depuis six ans, depuis qu'ils sont morts, et qui constituent mon retour au pays natal.

Lorsque mes parents sont morts, l'un et l'autre à un an d'intervalle, j'étais sec. Pas de pleurs, pas de regrets. Fini. C'est tout ce que j'arrivais à formuler : fini. L'émotion ne se manifesta pas davantage au cimetière, ni les jours suivants. Je

146

réussissais tout de même à faire des commentaires à la façon d'un observateur extérieur, me disant qu'ils étaient morts comme ils avaient vécu, dans l'absence pour ma mère qui avait sombré dans l'oubli d'elle-même, de ce qu'elle se devait – j'avais tant pleuré en en parlant à L –, et fermé comme une porte pour mon père. Jusqu'à ce qu'un beau matin, j'entende une voix dire tout haut sous mon crâne : ce n'est pas parce qu'on meurt qu'on doit changer ! Je m'arrêtai, interloqué. Jamais je n'avais adopté cet angle de vue. Car j'aurais voulu, moi, qu'à l'approche de la fin, mon père change, qu'il s'adoucisse, nous sourie, à nous ses enfants ou au moins à sa femme dans les lits jumeaux de la maison médicale où ils finissaient leurs jours. Mais mon père était une porte, pourquoi serait-il devenu autre chose ? Il n'avait pas cédé, ni à la souffrance ni à l'angoisse, il était resté lui-même jusqu'à sa dernière seconde de temps humain. Les gonds avaient tenu le coup. Chapeau ! Je sentis pour la première fois naître de cette fermeture une perspective prometteuse. Je ne perdais pas de vue que je ne pouvais m'approcher que parce qu'il était mort car cet homme – je ne dois pas oublier que père n'est pas son seul nom – ne voulait pas qu'on l'approche, il marchait, s'asseyait et même parlait, précédé et suivi d'une onde de refus, ayant comme chargé des

147

laquais d'écarter les importuns à son passage. Mais il n'était plus là pour donner des ordres, et j'allais en profiter. J'ai ennuyé sur leurs vieux jours Jean et Béatrice Berthier à force de questions, j'ai lu des livres sur le textile normand, j'ai fréquenté l'amicale des anciens de Rawa Ruska, suis allé en Ukraine et ai refait le chemin de Rawa Ruska à Belzec, Varsovie, Berlin, Rouen. Bref, tout ce qui m'a paru possible, tout ce dont l'idée m'est venue pour le trouver, je l'ai fait.

Quand Jean me révéla l'histoire du mariage de mes parents, je n'eus aucune surprise en apprenant qu'il s'était agi d'une union contrainte et forcée. Mais je n'avais jamais imaginé ce qui crevait les yeux : que j'en étais la cause. Dans ma tête d'adolescent qui se torturait pour les comprendre, j'incriminais la guerre, suivant en cela ma grand-mère qui répétait à tout bout de champ que la guerre avait blessé l'âme de son fils. Notre père avait un dentier à cause de la guerre, les ongles de pied noirs à cause de la guerre, une mauvaise humeur à cause de la guerre. C'était notre lot d'avoir un père qui avait fait la guerre, nous allions le supporter comme jusque-là chacun avait supporté son lot sans se plaindre. Et j'apprends qu'il a obéi à un devoir, celui de ne pas laisser tomber ma mère, de me reconnaître, de m'élever. Sans doute nous en voulait-il de ce devoir, comme ma mère lui en voulait, comme moi je leur en voulais, comme Véronique leur en voulait. J'ai prié pour qu'ils divorcent. Mais comment dire si je leur en aurais moins voulu ? Je me suis, moi, séparé d'Aurélia, ou plutôt Aurélia est partie. Si je demandais à Lorette son sentiment sur notre séparation, je suis sûr qu'elle nous aurait voulus ensemble autour d'elle. Donc, là-dessus, que mon jugement se retienne et que j'avale ma rancœur.

Je sors de chez Jean, rue Jeanne-d'Arc, je vais boire une bière pour encaisser ce que je viens d'apprendre, que je ne suis pas un enfant désiré. J'essaie d'imaginer une autre vie, que ma mère est partie pour Paris, qu'elle est devenue actrice. J'aurais grandi dans les loges de théâtre et les coulisses de la scène, ce n'aurait guère été mieux, j'aurais passé mon temps à l'attendre, je l'aurais encombrée. Et comme par hasard – mais je ne crois pas au hasard, tout est intriqué, un ordre général gouverne chaque miette de ce qui se passe –, au moment de payer ma bière, je m'aperçois que mon porte-monnaie est vide. J'appelle le garçon mais je n'arrive pas à ouvrir la bouche devant ce jeune homme qui a l'air tellement ajusté à l'environnement avec son torchon blanc à la ceinture, son plateau chargé sur l'épaule, j'en suis réduit à agiter ma carte bleue. Je sors en flageolant, et devant l'écran, à la vue des billets qui surgissent de la fente, je fonds en larmes. Oh, la voilà, l'émotion ! Devant l'argent. Parce que cet argent vient de mes parents, ils sont là, ce sont eux qui me le tendent, à moi, dont ils n'ont pas voulu. Je ne peux pas encore toucher ma retraite de psychosociologue, j'ai soixante-deux ans et suis en deuxième année de DU de musicothérapie, je paye ma formation comme j'ai acheté mon appartement avec la vente du rez-de-chaussée et du premier étage de la rue Jeanne-d'Arc, plus celle de la bijouterie de mes grands-parents maternels chez qui ma mère ne nous emmenait jamais. Mes économies personnelles ont été dépensées pendant ces deux années où j'ai voulu être comédien. Ils savent que j'ai besoin de cet argent et ils sont contents de me le tendre. Ma chance est inouïe. J'ai pleuré trois mois durant. Chaque fois que je payais quelque chose, chaque fois que j'ouvrais mon frigidaire et voyais les yaourts et les bières, je pleurais. Je pleurais de reconnaissance, à laquelle se mêlait le sentiment de ma misère, de mon échec, car je savais que, à chaque pot de yaourt, mes ressources s'amenuisaient, que je vivais sur mon capital, que je serais bientôt nu. Je ne suis pas retourné voir L. Tu n'es pas si pauvre, me suis-je morigéné, en remontant sur le radeau. Tout va pour le mieux puisque ta retraite tombera dans trois ans et qu'il te reste soixante mille euros, soit trois fois vingt mille, ce qui te suffit pour tenir le coup. Ne vois-tu pas que tes parents ont tout organisé pour que tu fasses la soudure ? Tu pourras même, te suffisant de ta retraite, faire de la musicothérapie bénévolement si aucune institution ne veut de toi. Je te vois bien animant pour les enfants des quartiers sensibles, comme on dit, des séances de musicothérapie, choisis ce que tu veux, Jérôme, tu préfères les castagnettes, Nolwenn ? Les enfants sont assis en rond dans la maison de quartier, ils se passent un son. Bien sûr, on peut se passer un son. Quand je t'ai annoncé : je ne veux plus faire de droit mais psychosocio à Nanterre, tu as répondu : quelle ânerie ! Assas avait à peine bougé depuis ta jeunesse, amphis de deux mille personnes, seulement plus de filles, dont toutes voulaient se marier vierges, et à leur côté, dans un total autre monde – mais moi je voulais voir ces deux mondes, les filles et la politique –, l'affrontement des bolchos et des fachos dont la violence m'effrayait. Pourquoi ne voulais-tu pas imaginer Nanterre ? L'ardeur de mes deux premières années de psycho, mon engagement dans le mouvement des chrétiens-démocrates, mon assiduité au cours de Ricœur, mon amour pour Ricœur, pourquoi ne voulais-tu pas les voir, les apprécier, m'en féliciter ? Un jour Dany est entré, a dit : Ricœur, c'est fini. On s'est tous levé, deux cents, on est tous sorti. Moi aussi. Ce n'était pas Ricœur que je voulais finir, c'était toi. À Nanterre je faisais la révolution mais à la maison, je n'avais pas le droit de passer à table tant que je ne serais pas allé chez le coiffeur. Je vais avec bonheur au restau U, je rentre tard et m'enferme dans ma chambre. Ricœur, c'est fini, on s'est tous levé, on est tous sorti, silencieusement, solennellement. J'en ai encore des frissons. À la fin du mois, je me suis rendu compte que ça voulait dire aussi : Dieu, c'est fini. Je n'étais pas allé à la messe une seule fois, ni faire le catéchisme en apportant le goûter dans les bidonvilles et la cité des Provinces qui entouraient l'université. J'ai dit ça à Lorette quand je l'ai accompagnée pour ses inscriptions, il y avait des bidonvilles en 68, elle ne pouvait pas le croire. Ça s'appelait Nanterre-La Folie. – Réellement, ou bien un surnom ? – Réellement. – Quel beau nom ! Dommage qu'on ne l'ait pas gardé ! Je n'étais pas allé à la chorale non plus et pourtant on préparait un concert où j'avais un solo. Je me disais : on fait la révolution d'abord et le concert après. Ton seul commentaire sur les événements, c'est que nous ne voulions pas passer les examens (et quand j'écoute maintenant les compilations de l'Ina, je suis effectivement surpris de la place qu'y tiennent les examens, j'avais oublié que nous étions contre les examens, moi qui les passe maintenant avec l'excitation d'un enfant). Avait-il mauvais caractère quand il était petit ? demandai-je à Jean. Il boudait longtemps quand il perdait aux cartes. Il était susceptible. Je découvre le concept d'autogestion. L'usine Deslorgeux aux ouvriers ! Je n'ai plus que ce mot à la bouche. Je vais à Orléans avec une fille pour soutenir la grève des étudiants et pendant tout le trajet je la gave avec l'autogestion, ma première émotion érotique. La première fois que je fais passer les pavés, la phrase de l'Évangile me vient aux lèvres : que celui qui est sans péché lui jette la première pierre. Bon, on ne les jette pas beaucoup, ils sont lourds, ils servent surtout de base aux barricades. Une fois, je me retrouve au sommet d'une barricade, j'ai réussi à grimper sur un amoncellement de poubelles, je crois qu'il y avait aussi une baraque de chantier, c'est une petite rue à côté de la rue Gay-Lussac. Quelqu'un derrière moi me passe une bouteille pleine d'essence avec une mèche et me dit : tu l'allumes quand les SS arrivent et tu la jettes. Il ne me demande pas mon avis, comme on ne demande pas son avis aux soldats dans l'armée. Je n'ose pas refuser de prendre la bouteille. Je reste avec ma bouteille en haut de la barricade, la trouille au ventre à l'idée de mettre le feu à des hommes. Heureusement, on apprend que les flics ont détourné leur itinéraire, il faut abandonner la barricade et j'en profite pour disparaître, soulagé. Une autre fois, afin d'échapper à un arrosage, je monte avec deux copains dans une voiture stationnée le long du trottoir. Le conducteur nous laisse faire. La police arrive, fouille la voiture et trouve des armes dans le coffre. Tous au poste. Les flics comprennent que nous n'y sommes pour rien et nous chassent. Je me souviens de mon effroi à la vue des armes. Garde nos haches de la folie, c'est une prière des Romains que j'ai lue dans un poème d'Horace et il y a un auteur russe, Sorokine, qui, dans un roman nommé *Roman*, a mis en scène une hache qui devient folle. Et Talleyrand disait : on ne fabrique pas des baïonnettes pour s'asseoir dessus. Les anecdotes qu'on se passait dans les familles, je les ai remplacées par des fiches de lecture. Je n'ai pas dormi en mai 68, car, quand je rentre à la maison le soir, dans ce quartier du Trocadéro où il n'arrive rien, toujours mortellement le même, je me répète la nuit durant : tu dois partir, quitter la maison, trouve du boulot, fais l'ouvrier, fais l'ouvrier toi qui es fils de patron, laisse tout, pars pour la Yougoslavie. Je suis retourné chez Jean et je lui ai demandé : je me souviens que maman te regardait quand papa commençait à faire Fernand Raynaud, et toi tu la regardais d'un regard qui me troublait. Est-ce que vous vous êtes aimés ? J'aurais voulu de toutes mes forces qu'il me réponde oui. Il s'est tu et j'ai pensé que ça voulait dire oui.

Des gens viennent nous voir, ils se donnent rendez-vous rue Gay-Lussac ou rue des Écoles, ils veulent se montrer là, faire passer les pavés. J'y ai vu pour la première fois ceux qui remplaceront le monde effondré de mes parents, seront les nouveaux contents de la société dont Véronique et moi ne serons jamais. Personne ne prévoyait l'effondrement général de l'industrie en Europe, le déménagement de toute la production du monde dans les pays lointains qu'on appelait tiers-monde, incroyable appellation dont on ne sentait pas le mépris, on n'oserait plus inventer ça maintenant. Les nouveaux contents ont le bon droit de leur côté parce qu'ils n'ont pas d'ouvriers et ne savent pas encore comment ils exercent leur pouvoir. Dans le monde de mes parents, les contents s'éteignaient un à un. Ceux du textile, que l'histoire poussait déjà dans le fossé, mais les Gracedieu aussi, par exemple, dont un ancêtre avait inventé une machine géniale pour plier les sacs en papier. Sa famille a vécu trois générations sur son invention, menant grand train jusqu'au jour où, au golf, madame Gracedieu s'est effondrée devant ma mère : nous sommes ruinés ! Personne n'avait rien vu venir, ils ont offert des bals et roulé en Aston Martin jusqu'à l'arrivée des huissiers qui ne leur ont laissé qu'un mouchoir pour pleurer. La roue tourne, à toi est échu de vivre dans les décombres. Le textile se tisse au Bangladesh et la révolution n'a pas eu lieu. Qui veut gagner sa vie la perdra, si seulement je

155

pouvais comprendre ce que cela veut dire. N'est-ce pas un devoir de gagner sa vie ? Les jésuites nous apprenaient que nous serions l'élite à côté des élites. Qu'est-ce que je pourrais perdre encore ? Parce que j'ai déjà beaucoup perdu, Aurélia, Sabine, mon boulot, sans parler de l'empire Deslorgeux. La vie que j'ai voulu gagner n'était pas celle de mon père. Quand les camions nous arrosent, quand les CRS envoient des bombes lacrymogènes ou qu'ils chargent, nous nous réfugions dans les halls d'immeuble. Il n'y a pas encore de codes pour en interdire l'accès et, sur les paliers, il se trouve toujours une porte pour s'ouvrir. Nous pénétrons dans des appartements qui ressemblent à celui de mes parents mais les propriétaires sont contents, excités, pas comme mes parents. Ce sont des intellectuels, dit-on chez moi, avec mépris et reproche. Les intellectuels, les juifs et les pédérastes (ils ne connaissent pas le mot homosexuel) ne sont pas traités de la même façon mais ils sont mis dans le sac de ceux qui détruisent la société, le plus grand mépris allant aux intellectuels (ceux qui aiment parler). Ça doit être pour ça que, finalement, j'échoue dans la musicothérapie : par défiance innée de la parole. Non, plutôt parce que c'est à la chorale que j'ai découvert ma force. Je chante juste et à pleins poumons. J'y vais de toute mon énergie. Véronique, elle, est douée pour le dessin, pas moi. J'étais jaloux de l'attention que lui portait Jean quand il nous faisait dessiner le dimanche après-midi rue Jeanne-d'Arc. Les éternelles blessures, Caïn et Abel en tête de la Bible. Pourquoi en tête ? Quand nous débarrasserons-nous de la jalousie ? Eichmann expliqué par son besoin d'être félicité par Himmler ou Heydrich. Dégoûtant. Mon père a raison de rester fermé, muré dans son silence, si on peut expliquer Eichmann par un complexe. Ce n'est pas par mon père que l'inhumanité deviendra un sujet de conversation. Jean était le préféré d'Amélie, Abel de Dieu. Ce que c'est que de ne pas être le préféré. De voir l'amour vous éviter, passer à droite et à gauche. M'étant imprudemment vanté auprès de mon professeur d'histoire de l'évasion de mon père, il me demande de l'inviter à venir témoigner devant la classe, mon père refuse, bien entendu. Tu t'intéresses à ça ? me répondit-il, tu ferais mieux de faire tes devoirs. MAIS CE SONT MES DEVOIRS. Il ne supportait pas les émissions sur le sujet. Il paraît que vous mangiez des épluchures ? Du baratin… et le sujet était clos. Un jour je décide d'aller à Rawa Ruska. À côté du cimetière français sans noms sur les tombes sagement alignées (les cendres ont été rapatriées, il n'y a donc plus rien dans les tombes), un peu sur la hauteur et surplombant les restes du camp, à la limite de la forêt, il y a un gardien improvisé, il

157

braille à pleins poumons, complètement saoul. Sa voix résonne sous la voûte des arbres. C'est le mois de juillet, il fait un temps délicieux, et je pense à l'expression triangle de la mort dans lequel était inclus Rawa Ruska. Ça ne voulait pas dire – bien que ce le fût – lieu où implanter les camps d'extermination, ça voulait dire autorisation de tirer à vue sur un fuyard ou un suspect, abandon des règles de la guerre. J'ai lu : été très chaud, hiver très rigoureux, plus quarante à moins quarante degrés, or il fait vingt-cinq. J'ai lu : marais insalubres, heureusement il vient de pleuvoir abondamment et quelques inondations dans ce paysage accueillant peuvent évoquer les marais, au nord de la si belle ville de Lvov où je me suis posé en avion après avoir visité la plus belle ville encore de Kiev. À l'association des anciens de Rawa Ruska, personne ne connaissait le nom de mon père qui figurait pourtant sur la photo de sa carte de membre de l'amicale des Normands reproduite sur leur site. On m'y a appris que le camp est maintenant occupé par l'armée ukrainienne, qu'on ne peut pas approcher. J'ai cherché, erré, repéré de vieux bâtiments envahis d'herbes. Le long de la route, les écuries ont été remplacées par des garages puisque les chars ont pris la place des chevaux, les petits chevaux de montagne des Cosaques et de la Cavalerie rouge, les houzoules ou les kabardins.

Les divisions blindées ont succédé aux escadrons, mais le nom du corps d'armes n'a pas été changé. J'ai marché jusqu'à la gare de Belzec, une vingtaine de kilomètres suivant la voie de chemin de fer, d'abord dans la campagne puis dans la forêt, pour faire comme mon père lors de sa nuit d'évasion. Je me suis recueilli devant le camp de Belzec devenu mémorial, puis je suis allé à la gare prendre le train de Varsovie comme mon père. Ça n'a pas été difficile. J'ai pris le train. Je m'enfonçais dans le silence, je suis allé à Berlin au Borchardt, il y avait des gens un peu vieillots. Davantage encore dans le silence. Je n'ai pas dit : mon père a travaillé ici pendant la guerre, je n'ai pas demandé des *wiener Shnitzel* aux épinards, j'ai dîné tout seul entre les belles colonnes. J'ai regardé les serveuses et j'ai mis tout ce que m'avait appris la vie – pas beaucoup sans doute – à faire l'amour à l'une d'elles. Maman m'a acheté une guitare pour mes quinze ans. Il ne faut pas dire que ma vie est ratée, même si Aurélia est partie, même si j'aurais pu ne pas décrocher, demeurer ingénieur-conseil jusqu'à ma retraite, ou, comme plusieurs de mes anciens amis, créer mon propre cabinet de conseil, avec bureaux de verre et pignon sur rue. Ma première chanson : « La cane de Jeanne », *la mi mi*, Félix Leclerc et les Beatles, « All You Need Is Love », « San Francisco », « Mrs Robinson ». C'est comme ça que j'ai séduit Aurélia, à la guitare. Nous croyions que c'était facile d'être heureux, qu'il suffisait de ne pas ressembler à nos parents, qu'on faisait mieux l'amour sur des matelas par terre. Et au début, oui, c'était facile, on se sentait légers, on vivait dans l'instant, comme le recommande Épicure, on suivait le mouvement allemand du peu, du moins, on vivait dans une communauté d'idées. Et puis la lassitude est arrivée. Nous n'avons pas eu l'idée que c'était l'amour qui demandait à nous rentrer dans le corps, cette lassitude, et nous n'étions pas non plus capables de nous séparer. On a demandé au mariage de nous aider, nous souvenant à peine qu'on l'avait banni quatre ans avant, mais quatre ans c'est long, un mariage dans une guinguette des bords de Marne, catholique en plus, c'est Faivre qui nous a mariés, nous avions été à ses séminaires sur *Le Capital*, Aurélia et moi pendant deux ans. J'aimerais que tes parents soient là, a dit Aurélia, et vous êtes venus avec Véronique. Le mariage n'a rien arrangé. Et puis Aurélia a voulu un enfant et nous avons fait Lorette. Ça n'a pas empêché Aurélia de partir, j'ai vécu dans le souvenir et l'alcool, aimant Lorette jusqu'à la douleur, et cherchant ce que j'avais mal fait, rien, me disait Aurélia, tu n'as rien mal fait, je me suis trompée, c'est tout. On peut se tromper.

Oui, c'est vrai, on peut se tromper.

On peut se reprendre. Ce qui est dit n'est pas dit pour toujours, ce qui est fait peut s'effacer.

J'aimerais en être sûr.

Je ne sombre pas. J'aurai bientôt terminé mon mémoire. J'écris une partition narrative des bruits de la nuit. La musicothérapie travaille avec l'aide du préverbal, dans l'optique du verbal. Je travaille sur le passage, brrr, pshiiiiiii, hunhun-hunhun, frigidaire, conduites, roues de la poubelle, tu m'écoutes, je t'écoute, on parle, on se répond, on construit une histoire, c'est aussi bête que ça. Sauf que, la plupart du temps, on ne peut pas. Le plus simple, on ne peut pas le faire. Le silence me mettait au bord de l'apoplexie chez L. Votre père aussi se taisait, a-t-elle dit. J'ai hurlé. Non, non, ce n'est pas vrai, son silence n'avait rien à voir avec le mien ! il nous haïssait ! J'ai fait une analyse de huit ans en deux tranches de quatre, première tranche après ma démission de la SCO, deuxième après le départ d'Aurélia. Comme si cela allait de pair avec le mariage, Aurélia s'est mise à acheter des assiettes de Limoges, à mettre des rideaux de velours aux fenêtres. Elle vous a invités à dîner, tu n'es plus un enfant maintenant, tu dois pouvoir supporter tes parents, me grondait-elle. Et moi, me disant que j'allais tomber du radeau une bonne fois pour toutes si tu pénétrais dans l'espace trop petit

161

de notre studio, tant j'avais cru mourir étouffé chaque fois que nous nous trouvions ensemble dans un trop petit volume comme la voiture par exemple. Aurélia a commencé son entreprise de charme. Elle te trouvait de l'allure. Tu étais courtois avec elle et elle en était flattée. Elle s'est mise à téléphoner à maman. Téléphoner ! Je rentrais à la maison et la trouvais vautrée sur le canapé, une cigarette à la bouche, en pleine discussion avec maman. Elles sont allées ensemble voir *1789* à la Cartoucherie. Je n'ai pas pu m'empêcher de penser que vous lui avez donné raison quand elle est partie. Mais je sais que ce n'est pas vrai. Ouwouwouw helélé respire holala sorow sorow sorow respire, la fleur est ouverte. La guitare était en haut de l'armoire, je n'y touchais plus, je ne pouvais plus chanter *If you are going to San Francisco*. Nous n'étions allés ni à San Francisco ni en Yougoslavie. Elle est partie avec Lorette à l'autre bout de Paris, il a fallu retourner chez L. Vous avez cherché à m'inviter après son départ. J'ai accepté mais nous n'étions pas capables de rendre le repas supportable, il manquait grand-mère et son réservoir d'anecdotes, il manquait Jean, il manquait Aurélia. Les plats ne passaient pas. Je me demande si ma mère a fait une analyse. Je me demande, je me demande. Comment se fait-il que je ne me sois encore jamais posé la question ? Elle aurait pu le faire après mon départ de la maison, ou même déjà sans rien en dire, quand on est arrivé à Paris. Après tout.

Jean n'a pas répondu quand je lui ai demandé s'il aimait maman, j'avais compris qu'il y avait quelque chose entre eux, il lui envoyait des messages de gentillesse par les yeux. Ç'a dû être dur pour maman quand nous avons quitté Rouen, elle a perdu ce soutien. Qu'il ne m'ait pas répondu signifiait oui, j'ai aimé ta mère, nous avons été amants, pourquoi crois-tu que je n'ai pas quitté Rouen ? Quand je suis revenu à la charge, il m'a traité de morpion, son ton est monté, tu m'emmerdes, a-t-il dit, lui si courtois, si comme il faut ! Qui veut gagner sa vie la perdra. Peut-on renverser la proposition en : qui perd sa vie la gagne ? La vie serait un jeu de qui perd gagne ? Auquel cas je suis gagnant numéro un ! Faivre, en bon marxiste, nous expliquait que si Thérèse de Lisieux avait écrit : il faut perdre sa vie pour la retrouver, c'est parce qu'elle vivait à une époque de grand capitalisme où investir rapportait énormément. Oui mais Jésus avait trouvé encore mieux que Thérèse dans la parabole des talents : tu reçois un, tu dois rendre dix, et pourtant le grand capitalisme n'était pas encore né. J'ai eu l'idée d'aller voir Béatrice Berthier, dont je savais qu'elle habitait Paris. C'était une vieille dame à présent, avec la même chaleureuse présence, la même belle voix de contralto. Pensez-vous, lui ai-

163

je dit, que Jean et ma mère aient été amants ? Elle
a souri : vous faites une enquête ? – Non, bien sûr
que non, enfin, je ne sais pas, j'ai grandi toute
mon enfance le cœur serré sans savoir pourquoi.
– Moi aussi, ma mère me serrait le cœur, a-t-elle
dit, mais c'est fini, aujourd'hui les cœurs se des-
serrent. Comment va votre cœur ? – Mon cœur ?
Vous avez raison, il se desserre. Ç'aura été mon
épopée à moi. Je ne suis plus sûr de ce qu'elle
vaut. Elle nous sert du thé. Parlez-moi de vous,
reprend-elle. J'ai raconté mes aventures de la
SCO. Tu n'en as jamais rien su parce que nous ne
nous voyions pas à l'époque, nous n'avions pas
commencé à nous revoir, mais aussi parce que
parler de soi était de mauvais goût. Ça signifiait se
gonfler d'importance, comme je suis en train de le
faire, s'estimer soi-même alors que grand-mère
disait que nous n'avions rien en propre puisque
nous avions tout reçu par la naissance. Dans
chaque chantier qui m'est confié, racontai-je à
Béatrice Berthier, c'est toujours le profit qui
règne, et la rigidité des structures (le département
de la SCO où je travaille s'appelle « Hommes et
Structures »). Et moi, l'élite à côté des élites, vous
savez, Béatrice, que j'ai été éduqué chez les
jésuites, j'ai voulu à moi tout seul débusquer le
faux-semblant de nos interventions. J'ai écrit dans
le bulletin du comité d'entreprise un article au
vitriol pour dénoncer les méthodes de la SCO :

envoyer des jeunes inexpérimentés comme moi dans des chantiers difficiles et idéologiquement insupportables. Le bulletin a fait scandale et j'ai été menacé d'un procès en diffamation. J'ai téléphoné à Jean pour lui demander de l'aide. Tu as quinze jours, me prévient-il, pour fournir tes preuves. Quatorze de trop, rétorquai-je, j'ai deux affaires sous la main, Le Bon Marché et l'IRP. Primo, donc, je travaille à la restructuration des équipes de vente du Bon Marché à la suite de son rachat par les frères Willot (car moi, fils Deslorgeux, on m'avait envoyé travailler chez les fossoyeurs du textile !), c'est-à-dire que j'assume, à vingt-six ans, des licenciements et que je cautionne les escrocs que mon père a tant de fois vus arriver au volant de leur Mercedes noire à Maromme, Malaunay, Barentin, Darnetal, Le Houlme, se demandant chez qui ils venaient et quand serait-ce son tour. Ça tombe bien, deux des Willot sont en prison pour abus de biens sociaux. Deuzio, l'IRP où j'ai en charge de former à la maîtrise une dizaine d'ouvrières qualifiées et où j'ai découvert qu'elles subissaient la loi sexuelle d'un contremaître. Ulcéré, je ponds un rapport en trente exemplaires que je balance à tous les membres de la direction de l'IRP, ainsi qu'aux délégués syndicaux au lieu de le remettre confidentiellement, comme il se doit, à la secrétaire générale. À l'époque je croyais agir par crainte que l'affaire ne soit étouffée mais en fait, j'étais content d'avoir trouvé une saleté et fier de la révéler. Vous me suivez, Béatrice, ça ne vous ennuie pas ce que je vous raconte ? Je suis emporté, je me plais à être l'inverse de mon père, il me faut rassembler tout le monde sur mon passage, j'ai eu une amie qui savait se faire aimer à me rendre fou, bien qu'elle ne m'aimât pas. Vous comprenez ça, vous ? Je me suis cassé la tête pour comprendre comment c'était possible. Il y avait déjà eu un cas dans l'histoire et Platon le raconte dans *Le Banquet*, à la fin, quand Alcibiade arrive et qu'il demande aux autres de se méfier de Socrate parce qu'il se présente comme l'amant et qu'il est en fait l'aimé. C'est une phrase extraordinaire, qui a révolutionné mon idée de l'amour. Il faut retenir son propre amour. Il faut s'appliquer à susciter l'amour, à en être l'occasion. Je vous confie ce secret-là, Béatrice : c'est devenu le but de ma vie. Que je la gagne ou la perde. Je vous demande pardon de ces bêtises. L'agent de maîtrise a été muté et on m'a retiré la formation, à juste titre car la douleur que j'avais soulevée et que j'étais incapable de prendre en compte à l'époque (j'étais leur sauveur) rendait à ces femmes ma vue pénible. Le procès n'a pas eu lieu, je leur ai fait peur ! Ils m'ont proposé deux ans de salaire pour vider les lieux. Mais moi : on ne m'achète pas, messieurs, je ne mange pas de ce pain-là, messieurs ! J'ai refusé, et ils ont employé à mes dépens une des techniques répertoriées pour pousser un cadre à démissionner : un matin, je suis arrivé et j'étais seul dans le service, il avait tout bonnement été supprimé. J'ai tenu six mois. Puis j'ai démissionné. L'amour ne rend pas forcément aimable, répondit Béatrice Berthier. Je suis venu pour diviser et non pour unir, les jésuites ont dû vous l'apprendre. Il me sembla que là, dans le salon de la rue Jasmin, on avait touché du doigt la différence entre la pensée grecque et la pensée chrétienne. L'une était douce et stimulante, l'autre amère. Votre père et moi, a-t-elle continué, nous avons eu une grande histoire d'amour entre dix et onze ans. Voilà le camion-poubelle au bout du boulevard, on le reconnaît de loin à son moteur qui fait un bruit chantant sur deux notes régulières, à ses arrêts, au grondement des poubelles qui roulent, pleines d'abord, vides ensuite, à la longue note tenue que fait l'ouverture de la benne, même coincé derrière le camion au volant de ma voiture, je n'ai jamais distingué le bruit des ordures quand elles tombent. Le camion approche, il est au numéro 18, il y a beaucoup de poubelles au numéro 18. Quand ils les ont toutes vidées, les hommes sautent de chaque côté sur le marchepied arrière de la benne, ils se tiennent d'une main à la poignée prévue pour eux pendant que leur autre main se repose, ils ont l'air de soldats surveillant leur zone de combat. Au Houlme, nous avions une grosse poubelle noire avec un couvercle qui n'était pas fixe, c'était moi qui la sortais derrière la maison. Ensuite j'ai rejoint un petit cabinet d'ingénieurs-conseils. J'ai travaillé avec eux pendant vingt-cinq ans. Et puis je n'ai plus eu de contrat, alors que mes associés en avaient toujours. J'ai commencé à refaire de la musique, je songeais déjà à me former en musicothérapie quand, un soir, j'ai rencontré un metteur en scène, je lui ai parlé de mes expériences avec Anzieux à Nanterre et après, dans cette école qu'il avait créée, un grand bonhomme, les analyses de groupe, la mise à nu de l'inconscient collectif. Ce metteur en scène faisait un spectacle avec des jeunes de quartiers sensibles, quand j'étais jeune on disait défavorisés, ça l'intéressait quelqu'un qui avait travaillé sur les techniques de groupe. Je jouais le prof, le père, le patron de service. Combien de fois je t'ai imité dans ton silence. Pourquoi tu la boucles ? me lançaient les enfants, question que je n'avais jamais osé te poser. Je les laissais se casser les dents. Maman jouait Elmire et Roxane, moi j'improvisais des borborygmes. Maman m'avait donné une guitare et, sans qu'elle le sache, je jouais pour bercer ses lectures. Voilà le jour qui vient. La jeune femme qui dort dans la chambre au-dessus de la mienne se lève. Ses pas résonnent comme de petits coups sur un tambour étouffé, un cœur qui bat, les rideaux qu'elle tire, sa fenêtre qui s'ouvre, il n'y a pas de volets. La chasse d'eau. Le murmure très lointain d'une radio. Dehors le brouhaha s'amplifie. Autobus 38. Au Zeyer les tables sont mises. Béatrice Berthier n'a peut-être pas dormi. Où est Lorette ? Tout à l'heure, la jeune femme mettra ses chaussures, j'entendrai sa porte claquer. Je profite du claquement de cette porte pour me lever, pour me lancer dans la journée. Je suis content de m'être souvenu de cette phrase cette nuit : être une occasion d'amour. Je suis rentré dans la chambre d'étudiant qui avait servi d'atelier à Jean jusqu'à ce que le parkinson l'empêche de peindre. Les tableaux étaient empilés contre les murs, face cachée, les pinceaux soigneusement rangés, deux palettes, des tubes, des chiffons pliés de coton fleuri, genre liberty, comme les robes de petite fille. Je retourne les tableaux, un à un. Ils n'ont jamais été accrochés, n'ont jamais été montrés dans aucune exposition. La plupart sont abstraits, des taches et des traits, et puis un visage aux couleurs vives qui règne avec assurance, une ardeur des traits, un œil qui regarde à la fois de face et de côté, un corps assis sur une sorte de radeau, les jambes nues allongées. Maman. 1941. Je n'ai pas connu ce regard-là. Maman pressait les paupières les unes contre les autres et je croyais qu'elle n'allait jamais les

169

rouvrir. Mon cœur s'est serré comme était serré celui de ma jeunesse à côté d'elle, à attendre son sourire, ce sourire que je vois enfin et qui ressemble à celui de Lorette. La jeune femme a dû sortir, je n'ai pas entendu la porte. Il lui arrive de la fermer avec précaution, comme si elle devait veiller sur le sommeil de quelqu'un. Mes parents sont couchés dans leur chambre du Houlme avec leurs pyjama et chemise de nuit en popeline dans les draps increvables du trousseau d'Amélie, maman ferme son Freud à la fin d'un chapitre, et lui, s'étant douché et talqué, car c'est son luxe depuis Rawa Ruska, attend qu'elle ait éteint la lumière et la cherche à tâtons, dans le secret inviolable qui ne regarde pas les enfants. Ce sont des morts, ils n'ont plus le respect des horaires, ils viennent me visiter à leur fantaisie. Lorette dira-t-elle que j'ai raté ma vie ? À soixante-deux ans, bientôt musicothérapeute, sans femme, tout seul rue d'Alésia, que c'est dur de construire une vie, écoutant les bruits du jour qui se lève, de ce jour d'octobre où une fine pluie se met à tomber, j'espère que la jeune femme a mis son parapluie dans son sac, tandis que les Deslorgeux continuent leur théâtre d'ombres sur les berges de la Seine.

Remerciements

Je remercie Philippe Auverny et Jean Begouën-Demeaux qui m'ont inspiré partie de ce roman.

Merci aussi à Claude Malon et Jean-Louis Lemarchand pour les clartés qu'ils m'ont apportées sur l'industrie textile en Normandie.

Merci aux éditions Fayard, éditeur du *Journal* de Jacques Brenner.

Merci au centre culturel français de Cluj-Napoca en Roumanie et, en particulier, à son directeur Bernard Houliat, qui m'a emmenée à Rawa Ruska.

Merci à Monique Radochevitch, lectrice pleine de clairvoyance.

Merci au CNL pour son soutien financier.

Et merci, enfin, à Jean-Marc Roberts pour sa confiance.

Pour l'éditeur, le principe est d'utiliser des papiers composés de fibres naturelles, renouvelables, recyclables et fabriquées à partir de bois issus de forêts qui adoptent un système d'aménagement durable.

En outre, l'éditeur attend de ses fournisseurs de papier qu'ils s'inscrivent dans une démarche de certification environnementale reconnue.

*Ce volume a été composé
par IGS-CP à L'Isle-d'Espagnac (Charente)
et achevé d'imprimer en janvier 2011
sur Roto-Page
par l'Imprimerie Floch
à Mayenne
pour le compte des Éditions Stock
31, rue de Fleurus, 75006 Paris*

Imprimé en France

Dépôt légal : janvier 2011
N° d'édition : 01 – N° d'impression : 78547
54-51-6194/2